NOTICE HISTORIQUE

SUR

SAINT-MANDÉ

PAR

Ulysse ROBERT

Ancien élève de l'École des chartes
Inspecteur général des bibliothèques et archives
Membre de la Société nationale des Antiquaires
de France, etc., etc.

NOUVELLE ÉDITION

PATUROT-MOSER, libraire

6 — Grande-Rue de la République — 6

SAINT-MANDÉ

—

1901

Notice historique

SUR

SAINT - MANDÉ

3977

VUE GÉNÉRALE DE SAINT-MANDÉ

NOTICE HISTORIQUE

SUR

SAINT-MANDÉ

PAR

 Ulysse ROBERT

Ancien élève de l'École des chartes
Inspecteur général des bibliothèques et archives
Membre de la Société nationale des Antiquaires
de France, etc., etc.

Nouvelle édition

PATUROT-MOSER, libraire

6 — Grande-Rue de la République — 6

SAINT - MANDÉ

—

1901

MAIRIE

NOTICE HISTORIQUE

SUR

Saint - Mandé

EU M. Rouget de Lisle s'était livré, avec l'ardeur et la passion qu'il apportait dans toutes ses investigations, à des recherches historiques sur Saint-Mandé. Le résultat devait en avoir été aussi complet qu'il pouvait l'espérer pour un sujet forcément restreint. Sur la fin de sa longue carrière, il crut avoir recueilli des matériaux suffisants pour une monographie de cette ville, et il allait les publier, lorsque la mort l'a frappé.

Ses notes ont, paraît-il, été détruites depuis. Si le fait est vrai, nous devons le déplorer, car peut-être aurons-nous ainsi perdu des renseignements qu'il serait très long de rechercher dans les nombreux ouvrages imprimés et manuscrits qui concernent l'histoire de Paris et de sa banlieue-Est. Mais espérons que les faits que nous serons par là condamnés à ignorer ne sont pour ainsi dire, que la menue monnaie de l'histoire de Saint-Mandé ; quant aux faits principaux, il est plus facile de les reconstituer. Malheureusement, ils sont assez rares ; cela tient surtout à ce que, jusqu'au commencement de ce siècle, Saint-Mandé n'a pas eu d'existence propre. Enserré étroitement par Montreuil, Charonne, Picpus, le faubourg Saint-Antoine, Conflans, Vincennes et Charenton, il a été surtout absorbé par Vincennes qui, dès le XIIIe siècle, lui a emprunté une partie de son territoire. Qu'il me suffise, pour montrer quelle faible importance a eue autrefois Saint-Mandé, de dire que, avant l'annexion, en 1801, d'après un recensement officiel, sa population était de 285 habitants. Son territoire alors, et à plus forte raison auparavant, se composait de champs, de vignes, de bouquets de bois et de jardins maraîchers, au milieu desquels s'élevait par ci, par là quelque habitation agricole, quelque maison de campagne. Comme on le voit, il y a loin de l'ancien petit village rural à la ville élégante et coquette qui l'a remplacé depuis un petit nombre d'années seulement.

I. — ORIGINE DE SAINT-MANDÉ

QUELLE est l'origine de Saint-Mandé ? M. Piérart, l'historiographe de Saint-Maur-les-Fossés, qui semble avoir voulu se faire une spécialité tout à fait à part de l'étude des divinités priapiques, a consacré, dans son travail sur Saint-Maur, quelques pages à Saint-Mandé. D'après M. Piérart, — dont je ne veux pas, pour toutes sortes de raisons, faire connaî-tre les théories singulières, mais que je suis bien obligé de citer, ne fût-ce que pour n'avoir pas l'air de l'ignorer,—il y aurait eu, sur le territoire actuel de Saint-Mandé, « un sanctuaire consacré » au dieu générateur Mendès (saint Mandé) » (1) »... « En langue égyptienne, on appelait » un bouc Mendès... (2) » ... « Si l'un de ces » simulacres de la force créatrice du soleil » n'exista pas au centre de la forêt de Vincen-» nes, il exista du moins au lieu où fut élevé

(1) *Histoire de Saint-Maur-des-Fossés, de son abbaye, de sa péninsule,....* 1re partie, p. 3.

(2) 2e partie, p. 329.

» le temple ou collège de Silvain, au pied du
» menhir de Saint-Maur. A l'autre extrémité,
» vers Lutèce, aurait existé le second simulacre,
» qui aurait plus spécialement conservé l'ancien
» nom de Mendé. De là le pèlerinage à saint
» Mandé, invoqué comme tous les saints pria-
» piques pour les enfants noués et pour autre
» chose encore; de là, depuis un prieuré à Saint-
» Mandé, prieuré dont on n'a jamais pu consta-
» ter l'acte de fondation, preuve qu'il avait pris
» la place d'une institution ou communauté
» païenne, et l'avait continuée sans transition
» avec le nom accolé à celui de Mandé. » (1) Le
reste des théories de M. Piérart est à l'avenant.

De ce que « on n'a jamais pu constater l'acte
» de fondation du prieuré de Saint-Mandé », il
n'en faut pas conclure « qu'il avait pris la place
d'une « institution ou communauté païenne. »
S'il n'y a pas eu d'acte de fondation, c'est que le
prieuré de Saint-Mandé ne formait pas une
communauté : c'était un bénéfice simple, sans
aucune importance, desservi par un religieux de
l'abbaye de Saint-Magloire dont il dépendait,
dont la fondation n'avait pu donner lieu à un
acte, comme lorsqu'il s'agissait de communautés.

(1) *Ibid.*, p. 333.

Quant à saint Mandé, — que M. Piérart veut
si singulièrement identifier avec Mendès, tout
en résumant d'ailleurs la légende qui le concerne,
— il vivait, d'après les hagiographes, au VIe
siècle, et aurait été le dixième enfant d'un roi
d'Hibernie ou d'Irlande, Ereleus, et de sa femme Gentuse. Au temps de Childebert, il serait
venu se réfugier dans l'Armorique ou Bretagne
et y aurait vécu en solitaire. Le premier asile
qu'il paraît s'être choisi, aux environs de Tréguier, fut d'abord appelé Ilis-Maudet ; puis il
se rendit dans un îlot de la Manche auquel il a
laissé son nom. Il y bâtit un oratoire, près de
la grotte qui lui servait de demeure, et, au
XVIIIe siècle, on voyait encore une grande
pierre appelée en breton Guelé-san-Modez, ou
lit de saint Mandé (1).

Le culte de saint Mandé, dont la fête se célèbre le 18 novembre, était très répandu dans les

(1) Lobineau, *Histoire des saints de la province de Bretagne* (1836), t. I, p. 197-201.

A l'occasion du mariage Omont de Fresquet (23 juillet
1889), j'ai publié, d'après le manuscrit 330 de la bibliothèque d'Orléans, une vie de saint Mandé, dans laquelle
son père est nommé Erchleus et sa mère Getusa ou
Guetusa. Elle présente quelques différences avec les lé-
gendes qui lui sont consacrées dans certains livres litur-
giques, notamment dans le Propre de Léon.

diocèses de Bourges, de Léon, de Tréguier, de Dol et d'Orléans. C'est ce qui explique le nombre relativement considérable de localités qui portent le nom de ce saint.

L'abbé Lebeuf, de l'Académie des inscriptions et belles-lettres, le très savant auteur de l'*Histoire de la ville et de tout le diocèse de Paris,* qui a consacré à la localité de Saint-Mandé trois pages pleines de faits, pense que le nom de saint Mandé fut « donné à ce lieu depuis
» que les religieux bretons du IXe siècle ou du
» suivant y apportèrent des reliques de saint
» Mandet ou Maudet (1)... et qu'ils y bâtirent
» par la suite une chapelle sous l'invocation
» de ce saint : ce qui occasionna un concours
» à ses reliques, et fit construire un prieuré
» qui fut membre de l'abbaye de Saint-Ma-
» gloire (2)... Au reste, ajoute-t-il, il est cer-
» tain que ce prieuré subsistoit avant le XIIIe
» siècle : mais le prieur n'étoit pas seigneur
» du lieu. Celui qui possédoit ce prieuré en
» 1275 et qui étoit bénedictin, comme ceux
» de Saint-Magloire, reçut douze livres du
» roi Philippe-le-Hardi, pour le dédommager

(1) Les reliques consistaient en un os du bras qui était exposé, le 13 mai, à la vénération des fidèles et attirait un grand concours de peuple.

(2) T. II, p. 380 (éd. Féchoz).

» de ce que l'on avoit pris dans son terrain
» en agrandissant le parc de Vincennes (1). »

En effet, en ce qui concerne l'ancienneté du
prieuré de Saint-Mandé, nous le trouvons mentionné déjà dans un acte du 25 juin 1203,
comme dépendance de l'abbaye de Saint-Magloire de Paris et résidence de l'abbé. Dans cet
acte, il est dit que quand l'abbé de Saint-
Magloire sera à Saint-Mandé, il recevra de l'abbaye du pain pour lui et son serviteur (2).

Dès avant 1275, il y avait un seigneur de
Saint-Mandé dont nous ignorons le nom. Il se
distingua par ses libéralités envers Saint-Antoine-
des-Champs de Paris. Il contribua largement
aux dépenses de la construction de l'église de
cette abbaye, qui fut consacrée le 2 juin 1233, et
lui donna, pour la doter, trente arpents de
terre en sa censive (3). Peut-être ce seigneur
était-il de la famille de Guy de la Forest, qui
possédait des terres considérables à Saint-

(1) *Ibid.*, p. 380, d'après les *Mémoriaux de la Chambre
des comptes.*

(2) Quamdiu abbas S. Maglorii moram fecerit apud
Sanctum Mandetum, sibi et servienti suo panem ab
abbatia recipiet (Guérard, *Cartulaire de l'église Notre-
Dame de Paris*, t. I, p. 89.

(3) *Gallia christiana* t. VII, col. 900.

Mandé. Au mois de mars 1265 (1266, n. st.),
Guy de la Forest, écuyer, et Jacqueline, sa
femme, afferment, moyennant la somme de
120 livres parisis, à Jean Bernier, boucher,
bourgeois de Paris, et à Sédille, sa femme,
pour 12 années, à compter de Pàques, tous
leurs droits sur les cens, moulins, eau, îles et
biens quelconques, provenant de la succession
paternelle de ladite Jacqueline à Charenton et
à Saint-Mandé (1).

(1) Archives nationales, *Trésor des chartes*, J. 157 B,
n° 1.

II. — VENTES DE TERRES AU ROI PHILIPPE-LE-HARDI

L vient d'être parlé des agrandissements faits par le roi Philippe-le-Hardi au parc de Vincennes, agrandissements qui eurent pour résultat de diminuer singulièrement le territoire de Saint-Mandé. Mais il n'y a pas lieu de s'en plaindre, car les actes passés à cette occasion constituent un ensemble de documents peut-être unique, tant par leur quantité que par leur intérêt. En effet, ces documents sont au nombre de plus de cinquante, la moitié environ de 1274, année où fut faite ou commencée la clôture entre le bois de Vincennes et Saint-Mandé (1). Ces actes nous font connaître les noms de la plupart des possesseurs de terres à Saint-Mandé, à cette époque, et la valeur des terres.

Voici, malgré l'aridité de cette énumération, l'analyse de ces documents, avec l'indication des noms des vendeurs, tels qu'ils sont contenus dans les originaux, conservés aux Archives

(1) Cf. Lebeuf, t. II, p. 406.

nationales, au Trésor des chartes, sous la cote J. 157 B.

Le vendredi avant la Saint-Barnabé (8 juin) 1274, Pierre, dit Bonne fille, maître des bouchers de Paris, et Sauceline, sa femme, vendent au roi, moyennant la somme de 25 livres parisis, 12 arpents de terre arable ou environ d'un seul tenant, sis à la Croix dessus Saint-Mandé, touchant, d'une part, au prieuré de Saint-Mandé, en la censive de Jean Hesselin. Au mois de septembre suivant, Simon d'Épernon, bourgeois de Paris, et Aveline, sa femme, vendent au roi, pour la somme de 16 livres, 5 sous parisis, une pièce de terre de 6 arpents et demi sise en la garenne de Saint-Mandé, en la censive de Jean Bernier, tenant, d'une part, à la terre du roi et, d'autre part, à la terre de Pierre Durand.

Le même mois, Jean Bernier, boucher, bourgeois de Paris, et Guy de la Forest vendent au roi, moyennant la somme de 36 livres, 13 sous et 4 deniers parisis, les droits de fief et de seigneurie qu'ils avaient sur 68 arpents de terre en la clôture que le roi venait de faire entre Saint-Mandé et le bois de Vincennes.

Le même mois, vente au roi, pour la somme de 70 sous parisis, par Godefroy le Comte, tuteur et oncle de Jeannot le Monnier et de Ma-

halot, sa sœur, enfants de feu Ernaut le Monnier,
d'un arpent et demi de terre sis en la garenne
du bois de Vincennes, en la censive de Jean
Bernier, tenant, d'une part, au mur du bois de
Vincennes et, d'autre part, au chemin des fossés.

Jean Hesselin, bourgeois de Paris, et Agnès,
sa femme, vendent au roi, moyennant la somme
de 270 livres parisis, 124 arpents et un quartier
de terre sis dans l'enclos fait par le roi entre le
bois de Vincennes et Saint-Mandé ; une maison
d'habitation (masure), près du vivier, avec 22 autres arpents de terre.

Nicolas Maingot, du Pont de Charenton, tuteur de Henriot et Estevenot, enfants de feu
Guillaume de Nogent ; Isabeau, femme d'Eus-
tache le Pêcheur, sœur de Henriot et d'Estevenot,
vendent au roi, pour la somme de 22 livres
parisis, 8 arpents de terre sis en la garenne de
Saint-Mandé, tenant, d'une part, à la terre du
curé de Conflans et, d'autre part, au chemin du
bois de Vincennes, en la censive de Jean Hesselin.

Gilles du Change, du Pont de Charenton, et
Erembourg, sa femme, vendent à « très excel-
« lent homme Phelippe, roy de France », pour
la somme de 13 livres parisis, 6 arpents de terre
qu'ils possédaient en la garenne de Saint-

Mandé. Le même mois, Robert Fromont, chan-
geur et bourgeois de Paris, et Jacqueline, sa
femme, vendent au roi, pour la somme de 4 livres parisis, 2 arpents de terre arable sis à
Saint-Mandé, en la censive de Guy de la Forest.

Le même mois, Étienne, fils d'Alain le Meunier ou Monnier, vend au roi, moyennant la
somme de 7 livres parisis, 3 arpents et demi
de terre qu'il possédait en la garenne de Saint-
Mandé, en la censive de Jean Bernier.

Le même mois, Pernelle de Vitry, veuve de
Raoul de Vitry, vend à « très excellent homme
» nostre seigneur le roy de France », pour la
somme de 100 sous parisis, 2 arpents et un
quartier de terre sis en la garenne de Saint-
Mandé, en la censive de Jean Bernier.

« Le lundi devant la setembreche », Aveline
la Bouchère, du Pont de Charenton, veuve de
Guillaume Chalin, tutrice de Jeannot et Helis-
sent, ses enfants ; Anfroi, Marie et Evrard, ses
autres enfants, vendent au roi, moyennant la
somme de 7 livres parisis, 3 arpents de terre
arable sis près le bois de Vincennes, en la censive de Jean Bernier.

Le même mois, vente au roi d'un certain
nombre de pièces de terre par les personnes

dont suivent les noms, énumérés dans le même acte : Guillaume le Maréchal et Houdart, sa femme, pour la somme de 14 livres parisis, de 7 arpents sis en la garenne de Saint-Mandé, en la censive de Jean Hesselin ; — par Guillaume de Villemomble et Aceline, sa femme, pour la somme de 11 livres parisis, de 5 arpents sis en la garenne de Saint-Mandé, en la censive de Jean Bernier ; — par Richard le Pêcheur et Hersent, sa femme, moyennant la somme de 44 livres parisis, de 16 arpents sis en la garenne, en la censive de Jean Hesselin ; — par Renaud des Moulins et Guibourg, sa femme, moyennant la somme de 10 livres, de 4 arpents sis en ladite garenne, en la censive de Jean Bernier ; — par Renaud le Couturier et Agnès, sa femme, pour la somme de 4 livres, 10 sous, de 2 arpents sis en ladite garenne, en la censive de Jean Bernier ; — par Robert le Mouchet et Ameline, sa femme, pour la somme de 4 livres, 10 sous, de 2 arpents sis en ladite garenne, en la censive de Jean Bernier ; — par Emeline la Louvelle, pour la somme de 23 livres, de 6 arpents sis en ladite garenne et en la même censive ; — par Pierre Pinel et Geneviève, sa femme, moyennant la somme de 12 livres, 10 sous parisis, de 5 arpents sis en ladite garenne, en la censive de Jean Hesselin ; — par Renaud de Lay et Marie, sa femme, pour la somme de

27 livres, 10 sous, de 14 arpents de terre, sis en
la censive de Jean Hesselin ; — par Nicolas
Bernier, pour la somme de 9 livres parisis, de
3 arpents sis en la censive de Jean Hesselin ; —
par Guérin de Saint-Mandé et Isabelle, sa femme, pour la somme de 49 livres parisis, de
14 arpents sis en la censive de Jean Hesselin ;
— par Jean Bernicon et Erembourg, sa femme,
pour la somme de 75 sous, d'un arpent et demi
en la censive de Jean Hesselin ; — par Garnier,
maître de la Maison-Dieu de Charenton, moyennant la somme de 12 livres, de 4 arpents sis,
comme les précédents, en ladite garenne, en la
censive de Jean Bernier ; — par Jean de Saint-
Antoine, pour 50 sous, d'un arpent sis en ladite
garenne, en la censive de Jean Hesselin ; —
par Hersent de Saint-Mandé, veuve de Jean
Machefer, moyennant la somme de 13 livres,
15 sous, de 5 arpents et demi sis en ladite garenne, en la censive de Jean Hesselin ; — par Gilbert
Pinagot et Guibourg, sa femme, pour la somme
de 20 livres, 12 sous, de 7 arpents et demi sis en
la garenne, en la censive de Jean Hesselin ; — par
Guillaume le Lanier, de Saint-Mandé, pour la
somme de 4 livres, 16 sous, de 7 quartiers de
terre sis en la garenne, en la censive de Jean Hesselin ; — par Renaud de Saint-Mandé et Alix,
sa femme, pour la somme de 24 livres, de 8 arpents sis en ladite garenne, en la censive de

Jean Hesselin; — par Gilbert le Pelletier et Basile, sa femme, pour la somme de 8 livres, 5 sous, de 4 arpents et un quartier, en la censive de Jean Hesselin; — par Godefroy de Venables et Pernelle, sa femme, pour la somme de 8 livres, 5 sous, de 4 arpents et un quartier, en la censive de Jean Hesselin.

Vente au roi, le même mois, par Robin de Saint-Mandé, en son nom et au nom de Jeannette et Renaud, ses neveux, fils de feu Thomas de Saint-Mandé (1), moyennant la somme de 27 livres, 10 sous parisis, de 10 arpents de terre sis en la garenne de Saint-Mandé, en la censive de Jean Hesselin. Cette vente eut lieu du consentement de Guillaume le Normand et d'Emeline, sa femme, mère de Jeannette et de Renaud.

Au mois d'octobre, Adam, Hervé et Philippe Fromont, bourgeois de Paris; Marie, femme d'Adam, et Isabelle, femme de Philippe, vendent au roi, pour la somme de 39 livres, 7 sous, 6 deniers parisis, 15 arpents et 3 quartiers de terre sis en la garenne de Saint-Mandé et provenant de l'héritage desdites Marie et Isabelle, sœurs.

(1) Thomas de Saint-Mandé, Emeline, sa femme, et Robin de Saint-Mandé, frère de Thomas, figurent dans un acte d'affranchissement du mois de septembre 1272, comme habitants de Sucy ou de Noiseau (Guérard, *Cartulaire de l'église Notre-Dame de Paris*, t. II, p. 189).

Le 9 octobre, Simon d'Épernon, Nicolas Bernier, de Charenton, Michel Roussel et Renaud de Saint-Mandé estiment à 10 livres parisis la somme que Jean Bernier devait recevoir pour les 4 années qu'il avait encore à tenir à cens les terres que lui avaient acensées dans la clôture du bois, jusqu'à Saint-Mandé, Guy de la Forest, chevalier, et Jacqueline, sa femme.

Au mois d'octobre, Jeanne Bernier, femme de Pierre Obice ; Estevenot, son frère ; Jeannot et Jeannette Bernier, enfants de Jean Bernier, boucher et bourgeois de Paris, approuvent la vente faite au roi par leur père des terres qu'il possédait « en l'enclosture du vivier de Saint-Mandé. »

Vente au roi, moyennant la somme de 16 livres, 10 sous parisis, de 6 arpents de terre sis en la garenne de Saint-Mandé, par Renaud de Saint-Mandé, Alix, sa femme ; Robert Pinel, Pierre Pinel, Guillaume Dufour, frères et fils de ladite Alix, tuteurs de Jeannot Pinel, leur frère.

Le 19 octobre, Renaud de Saint-Mandé vend au roi, pour la somme de 7 livres parisis, 3 arpents de terre arable sis à Saint-Mandé, « dedenz » l'anclos monseigneur le roy. » Ladite vente fut approuvée par Basilette, fille de Pierre de Saint-Mandé.

Le lundi après la Toussaint (5 novembre), Renaud de Saint-Mandé et Alix, sa femme, vendent au roi, pour la somme de 7 livres parisis, 3 arpents de terre arable sis à Saint-Mandé. Dans cet acte, qui est en latin, Saint-Mandé est dénommé « Sanctus Amandetus », au lieu de « Sanctus Mandatus » ou « Mandetus », forme ordinaire, et, Basilette, fille de Pierre de Saint-Mandé, qui approuve la vente, est appelée « Mabileta ».

Vente par Pernelle de Vitry, veuve de Raoul de Vitry, moyennant la somme de 100 sous parisis, de 2 arpents et un quartier de terre sis en la garenne de Saint-Mandé, en la censive de Jean Bernier.

Le mercredi après la Toussaint, Renaud de Saint-Mandé et Alix, sa femme, mère de Jeannot, fils de feu Pierre Pinel; Robert et Pierre Pinel, frères et tuteurs de Jeannot; Guillaume Dufour, beau-frère et aussi tuteur de Jeannot, confirment la vente faite au roi, au nom de celui-ci, par lesdits Renaud et Alix de 6 arpents de terre sis en la garenne de Saint-Mandé, en la censive de Jean. Bernier, pour 16 livres et demi parisis.

Au mois de décembre 1274, Adam Boucel, bourgeois de Paris, tuteur des enfants de feu Jacques Fromont, garantit la vente faite au roi en leur nom, pour la somme de 4 livres parisis, de deux arpents de terre sis à Saint-Mandé, tenant à la terre de feu Robert Fromont, en la censive de Guy de la Forest.

Le samedi après la Saint-Nicolas d'hiver (8 décembre) Jacqueline, femme de Guy de la Forest, abandonne à son beau-frère Simon de la Forest tout ce qu'elle avait de terre au bois de Vincennes, par conséquent à Saint-Mandé.

Le vendredi avant la Chandeleur (1er février) 1275, vente au roi, pour et au nom de Guy de la Forest, moyennant la somme de 63 livres, 6 sous, 8 deniers parisis, de terres sises en la clôture que le roi avait faite nouvellement entre Saint-Mandé et le bois de Vincennes.

Le jeudi après la Purification (7 février) 1275, Garnier, maître et proviseur de la Maison-Dieu du Pont de Charenton, et sœur Marguerite, religieuse de la même maison, vendent au roi, pour la somme de 12 livres parisis, quatre arpents de terre sis en la garenne de Saint-Mandé, touchant, d'une part, à la terre des enfants de feu Renaud, dit Nouvel, et, d'autre part, à la terre des enfants d'Étienne Pinel, en la censive de Jean Bernier.

Au mois d'août 1275, Nicolas Bernier, de Charenton, et Geoffroy Basdos, de Saint-

Mandé, donnent quittance de la somme de 25 sous parisis pour les dommages que leur ont causés les charrettes du roi.

Le même mois, Renaud de Saint-Mandé et Alix, sa femme ; Jean, dit Neveu, boucher de Paris, et Hue, curé de Charenton, vendent au roi, pour 20 sous parisis, un demi-arpent de terre sis près le chemin de Saint-Maur, en la censive de Guy de la Forest.

Le même mois, Gilbert Pinagot et Guibourg, sa femme ; Adam de Saint-Mandé et Julienne, sa femme ; Herbert de Saint-Mandé et Aveline, sa femme, vendent au roi pour la somme de 12 livres, 7 sous, 6 deniers, un arpent et un demi quartier de terre arable sis à Saint-Mandé, en la censive de Jean Hesselin, tenant d'une part à la chaussée, d'autre part à la conciergerie nouvelle et à la terre de Guérin de Saint-Mandé.

Le même mois, Nicolas Bernier, Renaud de Saint-Mandé, Guillaume de Villemomble, Michel Roussel et Guillaume de la Varenne donnent quittance à Grégoire, chanoine de la chapelle du roi, et à Philippe le Vayer, « pour » plusieurs journées et despens et pour mesurer » terres. »

Le même mois, Renaud de Saint-Mandé et

Alix, sa femme ; Guérin de Saint-Mandé et Isabeau, sa femme, vendent au roi, moyennant la somme de 36 livres, 15 sous, 10 deniers parisis, 5 quartiers de terre arable tenant à leur jardin, d'une part, et au prieuré de Saint-Mandé, d'autre part ; un quartier de terre arable « sis « au fonz de la valée Saint-Mandé », tenant, d'une part, au jardin desdits vendeurs et, d'autre part, au prieuré de Saint-Mandé ; un demi-arpent et 2 quartiers et demi de terre arable, près les murs neufs du parc, au chemin de Saint-Maur ; 24 « quarriaus » de terre arable, tenant au mur neuf, près le chemin de Saint-Mandé, et 4 arpents et demi de terre qu'ils possédaient à l'intérieur du parc.

Le même mois, Robert de Saint-Mandé et Pentecôte, sa femme, vendent au roi, pour la somme de 55 sous, 8 deniers parisis, 18 quarriaux et le quart d'un « quarrel » de terre arable qu'ils avaient à Saint-Mandé, tenant au mur du parc, et 3 quartiers tenant à la terre de Guérin de Saint-Mandé.

Vente faite au roi, le même mois, par les personnes dont les noms suivent : par Pierre Dexyvoie, pour 24 sous parisis, de 4 quarriaux et demi, sis en la censive de Jean Hesselin, en la voirie, tenant à la terre de Guérin de Saint-Mandé ; — par Guillaume Pinagot, Gilbert

Pinagot et Guibourg, sa femme ; Hue de Saint-
Mandé et Alix, sa femme, pour la somme de
14 sous, 3 deniers parisis, de 24 quarriaux et
d'un quart de quarrel de terre sis près la croix
de Saint-Mandé et tenant au mur du parc, au
chemin de Saint-Mandé, en la censive de Jean
Hesselin ; — par Gilbert Pinagot et Guibourg,
sa femme, pour 35 sous, 10 deniers parisis,
d'un demi-arpent et 10 quarriaux de terre
arable sis à la Gandière, en la censive de Jean
Hesselin.

Le même mois, il est accordé aux personnes
dont les noms suivent des indemnités pour les
dommages causés sur leurs terres par le service
du roi : à Pierre Dexyvoie, 6 sous parisis ; à
Hue de Saint-Mandé, 30 sous parisis ; à Guillaume de Villemomble, 10 sous parisis ; à Gilbert et Guillaume Pinagot, 6 sous parisis ; à
à Renaud de Saint-Mandé, 3 sous parisis ; à
Aveline, veuve de Simon d'Épernon, 3 sous
parisis ; à Michel Roussel, 3 sous parisis ; à
Guérin et Renaud de Saint-Mandé, 4 livres,
6 sous, 9 deniers parisis ; à Robert de Saint-
Mandé, 10 sous parisis ; à Adam de Saint-
Mandé, 6 sous parisis ; à Herbert, *al.* Hébert,
de Saint-Mandé, 6 sous parisis ; à Michel Roussel, pour sa mère la Meingote, 6 sous parisis.

Le même mois, Robert de Saint-Mandé et

Pentecôte, sa femme, vendent au roi, pour la somme de 16 livres parisis, la moitié d'une maison qu'ils possédaient à SaintMandé près de l'étang, et, pour la somme de 4 livres, 2 sous, 6 deniers, 1 quartier et demi de terre enclos en la nouvelle conciergerie.

Robert Pinel et Marguerite, sa femme ; Pierre Pinel et Geneviève, sa femme ; Jean Maingot et Odeline, sa femme ; Guillaume de Villemomble et Aceline, sa femme, vendent au roi, pour la somme de 50 sous parisis, 6 quartiers de terre arable sis en la censive de Guy de la Forest.

Le dimanche après la mi-août (17), Guy, prieur de Saint-Mandé, le premier prieur dont je trouve le nom, donne quittance de la somme de 12 livres, 7 sous parisis, pour « touz donma- » chez que ledit prieur a euz ça en arrières » dusques au jour de hui en huit arpents de » terre et d'un jardin qui joint à la meson dudit » prieur et de deux arpens de blé essarté. » Les terres qu'il avait dû ainsi abandonner avaient servi à l'agrandissement du parc royal.

Le 24 août, Renaud de Saint-Mandé et Pierre Pinel, marguilliers de l'église Saint-Maurice de Charenton, reçoivent de Grégoire, chanoine de la Sainte-Chapelle, et de Philippe le Vayer la somme de 3o sous parisis pour vente au roi d'un demi-arpent de terre sis à Vincennes.

Le même mois d'août, Guillaume le Normand et Emeline, sa femme ; Vincent Tioul et Robert de Saint-Mandé, tuteurs de Renaud et Jeannette de Saint-Mandé, enfants mineurs de feu Thomas de Saint-Mandé, donnent quittance de la somme de 16 livres parisis pour vente au roi de la moitié d'une maison que lesdits Guillaume et Emeline et leurs enfants possédaient à Saint-Mandé, dans l'enclos du roi, en la censive de Jean Hesselin.

Le 16 août 1276, Guillaume Pinagot, de Saint-Mandé, et Aceline, sa femme, vendent au roi, pour la somme de 24 livres parisis, 8 arpents de terre sis à Saint-Mandé. Cette terre fut, avec une autre, donnée à l'abbé et au couvent de Saint-Magloire en échange de 16 arpents et un quartier que l'abbé et ledit couvent possédaient à Saint-Mandé, « en la grande enclôture et » dehors et en la conciergerie neuve ». Le roi y avait fait des chemins et « issues aus bestes ».

Le même jour, André de Sens, bourgeois de Paris ; Nicolas, dit Baudri, et Basile, sa femme ; Thibaut et André, neveux dudit Nicolas ; Pernelle Baudri, Jean Tioul et Alix, sa femme, vendent au roi 5 quartiers et 3 quarriaux de terre pour la somme de 76 sous parisis, et 3 autres quartiers pour 36 sous, 6 deniers parisis.

Le même jour, Guérin de Saint-Mandé et Isabelle, sa femme, vendent au roi, pour la somme de 60 sous parisis, un chemin allant et venant par leur terre « de la conciergerie neuve » à Paris et à Saint-Mandé. »

Le vendredi après la Saint-Barthélemy (29 août) 1276, Jean Hesselin, bourgeois de Paris, et Agnès, sa femme, vendent au roi, pour la somme de 49 livres parisis, les droits de cens, rentes, ventes, saisines, amendes et justice qu'ils avaient à Saint-Mandé, dans et hors l'enclos du roi, sur les terres de Gilbert et Guillaume Pinagot, d'Herbert, Adam, Hue, Robert et Guérin de Saint-Mandé et de Pierre Dexyvoie.

Au mois d'août 1276, Herbert de Saint-Mandé vend au roi, pour 10 sous parisis, le fonds de la terre « où siet le pilier de la chauciée de » l'estanc et une partie du fondement de la » tour. »

Dans le même acte, Adam de Saint-Mandé donne quittance de 4 sous parisis pour les dommages qu'il a soufferts « en la chaussée de lès la tour. »

Au mois d'octobre, Ace Bouffier et Marie, sa femme ; Lambert des Bordes et Gille, sa femme, tous de Charonne, vendent au roi, pour 25 sous parisis, 3 quartiers de terre arable sis devant la muette du bois de Vincennes, touchant, d'une part, aux terres de l'abbaye Saint-Antoine, d'au tre part, « à la terre aux moines de Saint-Mandé. »

Un peu auparavant, avait eu lieu l'acquisition pour le roi des fossés et conduits d'eau qui venaient se jeter dans le vivier, autrement dit l'étang de Saint-Mandé. Les vendeurs étaient en même temps indemnisés des dommages pouvant résulter de l'adduction de l'eau dans le vivier. Voici les noms des vendeurs, tels que je les ai trouvés au Trésor des chartes, et l'indication des sommes reçues tant à titre de vente qu'à titre d'indemnités.

Juin 1276, Jean, prêtre, proviseur de la léproserie ou maladrerie de Fontenay, reçoit 20 sous parisis pour un fossé que les ouvriers du roi avaient fait à la terre de la léproserie pour amener l'eau au vivier de Saint-Mandé.

Au mois d'août 1276, Evrard le Prévôt, de Montreuil, et Jeanne, sa femme ; Simon le Larron et Marguerite, sa femme ; Thomas le Couvreur et Raimonde, sa femme ; Marie de Tremblai et Jean Blondel, son gendre, reçoi-

vent 7o sous parisis pour les fossés et conduits
de l'eau qui traversent leurs terres pour se dé-
verser au vivier de Saint-Mandé. Simon Boulic
et Héloïse, sa femme ; Raoul le Tailleur, oncle
et tuteur de Colinet l'Epicier ; Jean Guibout,
de Charonne, et Geneviève, sa femme, reçoivent 49 sous parisis. Jean Maillard, de Bagnolet, et Aveline, sa femme, reçoivent 16 sous
parisis.

Le 16 août 1276, Jean de Lagny, orfèvre, et
Aveline, sa femme, reçoivent 100 sous parisis ;
— Raoul de la Fontaine et Houdeart, sa femme,
6 livres, 10 sous parisis ; — Guillaume de la
Varenne et Pernelle, sa femme ; Henri Le-
mere et Catherine, sa femme, 65 sous parisis ;
— Renaud le Larron et Agnès, sa femme ; Richard le Pataier et Jeanne, sa femme ; Simon
le Larron et Marguerite, sa femme ; Jean, maître de la maladrerie de Fontenay ; Étienne,
chapelain de la chapelle de Montreuil, et Jacques
de Montreuil, orfèvre, reçoivent 6 livres parisis ;
Jean Quidonnoie, bourgeois de Paris, 12 sous
parisis ; Jean Brunel et Philippe, sa femme ;
Eudes le Prévôt et Alix, sa femme ; Evrard le
Prévôt et Jeanne, sa femme ; Simon le Prévôt
et Jeanne, sa femme, reçoivent 40 sous parisis ;
— Simon et Jeanne reçoivent encore 8 sous ; —
Hervieu le Clerc, procureur de l'abbesse et du

couvent de Saint-Antoine, 8 sous; Guillaume, dit Ernoul, 4 sous. Enfin, Jean Brunel et Philippe, sa femme, déjà nommés, reçoivent une indemnité de 20 sous parisis pour « tous les da-
» mages qu'ils ont euz pour la reson d'une
» vingne arrachée et replantée de trois anz pour
» les fossez que l'en fist por l'iaue du vivier
» Saint-Mandé. »

Le 2 septembre, Jean de Morteri, chevalier, reçoit 6 sous parisis ; — Guillaume Morel, maire de Montreuil, 56 sous ; — Guillaume de la Varenne, 3 sous, et Pierre de Maule, 9 sous.

Le dimanche avant la Saint-Thomas (20 décembre), Jean Quidonnoie, bourgeois de Paris, reçoit encore 20 sous parisis.

Le nouveau parc, ainsi agrandi, fut entouré de murs plusieurs fois mentionnés dans les actes de vente que je viens de citer. Ces murs, qui étaient assez élevés, enserraient le parc et le bois dans toute son étendue; ils étaient percés de 6 portes, dont une accédait à Saint-Mandé ; une autre, plus tard nommée porte de Bel-Air, était au bas de ce hameau. Il y eut en outre un autre petit parc, qui a laissé son nom à une de nos rues actuelles, compris entre cette dernière porte et la tourelle de Saint-Mandé.

Jusqu'en 1706, époque où elle fut réunie à celle de Versailles, il y eut près de la porte de ce dernier parc attenant à Saint-Mandé, une ménagerie royale, dont, selon quelques-uns, la création devrait être attribuée à Philippe-Auguste, qui aurait fait entourer le bois de palissades destinées à contenir des fauves que lui avait donnés Richard Cœur de Lion (1). Cette origine ne saurait être admise, puisqu'alors la forêt royale ne s'étendait pas jusque là. Il paraît certain que ce fut Charles IX qui fit construire au coin de la Grande rue et de la place actuelle de la Mairie les bâtiments de la ménagerie qui existaient encore au siècle dernier et qui devinrent, depuis sa suppression, la capitainerie des chasses de Vincennes. « L'intérieur, dit Dulaure, » est curieux par sa disposition ; il a » servi à contenir dans des loges séparées, des » lions, des tigres, des léopards, etc., que l'on » y nourrissoit et que l'on faisoit battre sur » l'arène placée au milieu de ces loges surmon- » tées de galeries qui règnent tout autour. » (2) Par des comptes de dépenses de la chambre du roi, pour l'année 1677, nous savons que le gardien ou « gouverneur du sérail des animaux » du château de Vincennes », Jacques Petit-maire, recevait 5,400 livres pour ses gages, la

(1) L'abbé de Laval, *Esquisse historique sur le château de Vincennes,* p. 7 ; — l'abbé Lebeuf, t. II, p. 405.

(2) *Histoire de Paris,* t. II, p. 560.

TOURELLE

nourriture de ses bêtes et l'entretien de deux garçons. L'avenue du Bel-Air fut appelée avenue de la Ménagerie jusqu'au commencement du XVIIIᵉ siècle (1).

Parmi les dénominations que nous avons vu passer sous nos yeux, il y en a au moins une qui est arrivée jusqu'à nous ; c'est celle de Chaussée de l'Etang ; la Chaussée a donc une origine six fois séculaire. Dans l'acte de la vente du mois d'août 1276, faite par Herbert de Saint-Mandé au roi, il est fait mention de la terre « où siet le piler de la chauciée de l'estanc et une » partie du fondement de la tour ». Dans un autre acte de vente par Adam de Saint-Mandé, il est également parlé de « la chaussée de lès la tour ». Il s'agit sans doute de la tourelle bien connue, qui fait l'angle de la place de ce nom et de la rue de Paris. L'antiquité de notre tourelle, dont les ouvertures ont été modernisées, serait aussi très respectable. Le savant historiographe du château de Vincennes, M. l'abbé de Laval, lui assigne une origine plus ancienne encore : « Louis VII, dit-il, fit construire le » premier mur de son parc du côté de Paris,

(1) Parizot et Boileau, *Guide-album du chemin de fer de Paris à Vincennes et à Saint-Maur.* Paris, 1860, p. 45-46.

» et bâtir à l'angle du nord-est, pour y loger
» un garde (!?), la tourelle, plusieurs fois res-
» taurée, qu'on voit encore à Saint-Mandé, au
» coin de la grande place à qui elle donne son
» nom, sur l'avenue de Paris. Elle est là, tou-
» jours là en vedette... » (1). Si l'assertion de
M. l'abbé de Laval est exacte, — ce qui n'est
pas probable, — ce n'est pas à la tourelle que
s'appliquerait ce qui vient d'être dit du « fon-
» dement de la tour ». M. l'abbé de Laval avait
exprimé le vœu que la Ttourelle fût, — malgré
son manque d'intérêt architectural, — désormais classée parmi les monuments historiques
et qu'elle cessât de servir d'enseigne. J'ai fait
émettre le même vœu par la Société des antiquaires de France ; le 3 avril 1889, le Conseil
municipal s'y est associé, mais l'administration
des ponts et chaussées a fait répondre que ce
monument, le plus ancien de la région, était
frappé d'alignement. Il faut espérer que les municipalités futures de Saint-Mandé sauront le
sauver de la destruction totale et le faire réédifier non loin de son emplacement actuel.

Le même érudit, dans un article sur le souterrain du château de Vincennes, a émis l'opinion
que ce souterrain, « qui court presque parallè-
» lement à l'égoût des fossés du château de

(1) *Esquisse historique sur le château de Vincennes,* p. 7.

» Vincennes dans la zone de terrain dont le mi-
» nistère de la guerre est propriétaire entre le
» vieux fort et l'hôpital militaire de Vincennes »,
allait d'abord aboutir à la Tourelle, mais que
s'il n'y allait pas, il atteignait « quelque part le
» mur d'enceinte du parc de Vincennes, à la
» porte peut-être de Saint-Mandé » (1).

Comme on a pu le voir plus haut, l'étang ou
le vivier de Saint-Mandé est aussi englobé dans
l'enceinte du nouveau parc. C'est cet étang qui
deviendra, 600 ans plus tard, le gracieux petit
lac de Saint-Mandé.

Quand j'aurai ajouté que, le dimanche après
l'Épiphanie 1280, Robert de Saint-Mandé et
Émeline, sa femme, vendirent au roi, pour la
somme de 60 sous parisis, une maison sise à
Saint-Mandé, tenant, d'une part, à la « masure »
de Guérin de Saint-Mandé et, d'autre part, à la
« masure » de Hue de Saint-Mandé, j'aurai épuisé,
je crois, la série des acquisitions faites par
Philippe-le-Hardi dans notre localité. Je le ré-
pète, ces acquisitions eurent pour résultat de
resserrer le territoire de Saint-Mandé dans ses
plus étroites limites et de le réduire aux proportions d'un hameau.

(1) *La France militaire et religieuse*, supplément de
juillet 1886, n° 1, p. 9 et 10.

Ces ventes furent-elles au moins fructueuses pour les possesseurs de terres ? Je ne le pense pas. En effet, si l'on examine quel est le prix moyen de chaque arpent de terre, on trouvera qu'il n'atteint pas 2 livres, 10 sous. En 1265, il s'était élevé, à Créteil, à 2 livres, 17 sous, 2 deniers et, en 1377, à Créteil encore, le prix moyen de l'arpent était de 4 livres, 4 sous, 5 deniers (1). A la même époque, dans les environs de Paris, le prix moyen était de 5 livres (2).

Quelle était l'importance de l'arpent sous le règne de Philippe-le-Hardi ? Il est impossible de le dire d'une façon précise. M. Guérard, qui s'est beaucoup occupé de ces sortes de questions dans les prolégomènes des Cartulaires de Saint-Père de Chartres et de Notre-Dame de Paris, dit que, à Chartres, au XIIᵉ siècle, et en Normandie, l'arpent équivalait à 42 ares 20 centiares (3); quant à ce qui concerne l'évaluation des mesures agraires aux environs de Paris, » elle est trop difficile par le manque de don- » nées suffisantes ». (4) Le quarriau ou quar-

(1) Guérard, *Cartulaire de l'église Notre-Dame de Paris*, t. I, p. ccxxiii et ccxxix.

(2) *Ibid.*

(3) Id. *Cartulaire de Saint-Père de Chartres*, t. I, p. clxvi.

(4) Id. *Cartulaire de l'église Notre-Dame de Paris*, t. I, p. ccxxviii.

rel » représente la 23ᵉ partie de l'arpent, soit un peu moins de 2 ares, d'après l'évaluation de M. Guérard (1). Selon l'estimation du même savant, l'argent aurait eu une valeur d'un peu plus de 100 fois de notre monnaie actuelle.

Les sommes sont comptées en livres et en sous parisis ; la livre parisis était de 20 sous parisis ou de 25 sous tournois, un quart de plus que la livre tournois ; le sou parisis valait 15 deniers.

La censive, dont il est souvent question dans le catalogue d'actes dressé plus haut, était une terre soumise au cens. M. Guérard l'a définie : » un bénéfice d'un ordre inférieur tenu par des » personnes plus ou moins engagées dans la » servitude, vilains, colons, lides ou serfs, et » chargé de redevances de plusieurs espèces et » des services connus plus tard sous le nom de » corvées. » (2) Les censives les plus considéra-bles de Saint-Mandé, sous le règne de Philippe-le-Hardi, étaient, ainsi qu'on l'a vu, celles de Guy de la Forest, de Jean Bernier et de Jean Hesselin, et le nombre de ceux qui y possédaient des terres à cette époque était assez limité.

(1) Id., *Ibid.*, t. I, p. ccxxix.

(2) *Cartulaire de Saint-Père de Chartres* ; Prolégo-mènes, § 17.

III. — LE PRIEURÉ DE SAINT-MANDÉ, DU XIIIe AU XVIe SIÈCLE

L'IMPORTANCE des actes de ventes à Philippe-le-Hardi m'a fait laisser de côté le prieuré de Saint-Mandé, dont j'ai à peine dit un mot. J'y reviens, en le reprenant à l'an 1240.

En cette année, Jacques, évêque de Palestrina et légat du pape, venu comme visiteur de l'abbaye de Saint-Magloire, trouva que, malgré les prescriptions du pape, il n'y avait qu'un religieux au prieuré de Saint-Mandé. Les religieux de Saint-Magloire s'en excusaient, sous le prétexte que les ressources du prieuré étaient trop minimes pour qu'il fût possible d'y en entretenir plusieurs. Néanmoins, Jacques prescrivit qu'il y en eût au moins deux, à qui l'abbaye fournirait le nécessaire, lorsque les ressources du prieuré n'y suffiraient pas. Les religieux de Saint-Magloire se soumirent à l'injonction du légat, mais ils demandèrent que le prieuré fût exempt de la juridiction de l'ordinaire, ce qui leur fut accordé par l'acte de réformation donné par le légat, le 12 décembre 1240 (1).

Le premier prieur de Saint-Mandé dont je trouve le nom est Guy, que j'ai mentionné plus haut (2) et celui sans doute auquel l'abbé Lebeuf fait allusion (3). Le dimanche après la mi-août 1275, il donne quittance d'une somme de 12 livres, 7 sous parisis, en compensation des terres qu'il avait dû abandonner pour l'agrandissement du parc royal.

Le mardi avant la Saint-Jean-Baptiste, 20 juin 1284, Simon Arrout, de Charonne, et Mathilde, sa femme, donnent en aumône à l'abbaye de Saint-Magloire, leurs biens, parmi lesquels deux arpents de terre sis à Saint-Mandé, en la censive des Hesselin (4). Ces deux arpents vinrent accroître d'autant le domaine prieural, qui n'était pas alors trop à dédaigner, à en juger par l'état suivant des revenus du prieuré que j'ai trouvé dans le cartulaire de Saint-Magloire. Cet état est de la fin du XIIIᵉ siècle.

(1) Cet acte, qui m'a fourni les renseignements ci-dessus, est conservé aux Archives nationales, sous la cote S 1152.

(2) P. 26.

(3) T. II, p. 380.

(4) *Cartulaire de l'abbaye de Saint-Magloire*, aux Archives nationales, LL 168, fol. 118 v°.

Dans la garenne de Saint-Mandé, le prieuré avait 60 arpents de terre. A Montreuil, il avait, dans la censive du chapitre de Paris, 5 quartiers de vigne qui rapportaient annuellement 10 deniers parisis. Il possédait le pré Vivien, qui était de 8 arpents, et il recevait 11 sous de rente dans la semaine qui suivait la Saint-Denis. A Conflans, il avait la dîme des 3 quartiers de la vigne dite « la Heceline » ; la dîme des 3 quartiers de la vigne du chevalier de Bercieus et la dîme de la vigne «du tapissier ». A Montreuil, il percevait la moitié de toute la dîme du terroir appelé « Tailli » ; six setiers de vin au pressoir de « dom Pierre ». A Saint-Mandé enfin, il avait toute la dîme des terres des Hesselin, dîme qui rapportait parfois trois muids de blé, parfois quatre (1). Ces biens et ces dîmes n'appartenaient pas en propre au prieuré de Saint-Mandé, mais à l'abbaye de Saint-Magloire, dont le prieur était comme le gérant. Dans un état de la nourriture et de la boisson que l'abbé de Saint-Magloire était tenu de donner à ses religieux, à certaines fêtes, — état de la fin du XIIIe siècle, — je trouve que, le jour de l'Ascension, le prieur de Saint-Mandé devait fournir un mouton pour la communauté (2).

(1) *Cartulaire de l'abbaye de Saint-Magloire,* fol. 43 vo.
(2) *Ibid.,* fol. 19 vo.

Jean Vie, prieur de Saint-Mandé, est mentionné comme présent à Paris, en 1315, à la translation du corps de saint Magloire (1).

Un dénombrement de l'abbaye de Saint-Magloire, du 22 juillet 1325, nous fait connaître l'importance du domaine du prieuré, à cette époque. Il se composait alors de l'église et d'une maison, « moustier et une masure joignant » ; d'une autre maison, avec granges et le cimetière ; de 56 arpents de terre, d'un arpent de vigne, de biens sur la rivière de Marne et de 8 arpents de pré. Il percevait la grosse et la menue dîme de Saint-Mandé, la dîme de vin et de cens et rente sur plusieurs héritages du hameau ou de la « ville », comme il est dit généralement dans tous les actes latins ou français du XIVᵉ siècle, et enfin 48 sous « ou environ ».

Jean de Bassolles est prieur dès le 17 août 1374 jusqu'au 20 février 1380 au moins. Il acense une pièce de terre à Robert Pinon et une à Arnoul Faisant, de Saint-Mandé. Le rôle de ses successeurs semble surtout s'être borné à faire des acensements à Saint-Mandé pour le compte de l'abbaye de Saint-Magloire. Les terres et les vignes acensées étaient dans

(1) Chastelain, *Martyrologe universel*, p. 813.

le quartier de l'Épinette, dont le nom apparaît dès le milieu du XVe siècle, et dans la « couture » ou culture du prieuré. Je me bornerai à signaler, quand il y aura lieu, sous les noms de chacun des prieurs, les noms des habitants de Saint-Mandé qui ont passé des actes avec eux.

Mathieu Pitaigne est prieur au 1er janvier 1389. Il figure dans un acte de ce jour par lequel Guillaume Milerac, concierge du roi en son hôtel de Saint-Mandé (1), reconnaît que c'est à sa requête que messire Mathieu Pitaigne, prieur de Saint-Mandé, a consenti qu'il joigne à l'hôtel du roi un quartier de vigne ou environ touchant le préau dudit hôtel et dépendant dudit prieuré. En considération de quoi, Guillaume Milerac consent que ledit prieur et ses successeurs tiennent une portion de l'hôtel, qui est à l'endroit du moustier dudit lieu, joignant les grandes étables de l'hôtel, d'une part, et, d'autre part, les édifices anciens dudit prieuré.

Mathieu, que nous trouvons appelé sous le nom de « Pitanine » , dans le *Gallia christiana*, devint abbé de Saint-Magloire ; il exerça ces

_____

(1) La villa de convalescence de M. de Boismont occupe une partie des terrains qui autrefois en dépendaient. (Docteur Foucher, *Saint-Mandé au point de vue hygiénique et médical*, col. 34.)

fonctions du 2 mars 1409 au moins jusqu'au 18 janvier 1416 (peut-être 1417) (1).

Jean Croet fut prieur avant le 22 janvier 1406. Ce jour, Mathieu, abbé de Saint-Magloire, pourvoit frère Jean de Bourg l'abbé, religieux profès de Saint-Magloire, du prieuré de Saint-Mandé, vacant par la mort dudit Jean.

Jean Aubert était prieur le 18 juillet 1456 et il était encore en fonctions le 25 septembre 1467. Nous trouvons de lui des acensements à Guillaume le Faucheur (18 juillet 1456), — à Adenet Cordelle (18 juillet 1456 et 25 septembre 1457), — à Jean Guibert et à Jean Cordelle (16 mai 1462), tous laboureurs à Saint-Mandé.

Arnoul de Silly, dès avant le 7 mai 1474 jusqu'au 29 novembre 1486 au moins. Pendant qu'il était prieur, Jean Thoreau, curé de Charenton, éleva des prétentions sur les dîmes perçues par le prieur de Saint-Mandé, mais, par actes du 25 et du 26 mai 1476, il fut, une première fois, débouté de ses prétentions, qu'il maintint néanmoins. Le 29 octobre, il fallut nommer un commissaire, Jean de Gagny, pour recevoir les offrandes de la chapelle jusqu'à

(1) *Gallia christiana*, t. VII, p. 322.

règlement du litige (1). Je n'ai pas trouvé de document faisant connaître la solution de l'affaire, mais comme il n'existe plus trace de l'ingérence du curé de Charenton dans la question de perception des dîmes, il est présque certain que les religieux de Saint-Magloire obtinrent gain de cause.

Le 5 avril 1480, Arnoul de Silly acensa des terres à Perceval Moireau et a Robert d'Estaynnemare, laboureurs à Saint-Mandé.

Jean des Noyers était prieur le 16 août 1496. Le 20 août 1498, il acensa une terre à Robin du Mont, laboureur à Saint-Mandé.

Charles Boucher résigna son prieuré et fut remplacé, le 14 novembre 1503, comme prieur, par Pierre Rossignol.

Thomas de Brie, prieur, fit deux acensements à Guillaume Hénault, dit Grégoire, laboureur à Saint-Mandé (11 juillet 1506 et 29 mai 1507).

Pierre Luillier est prieur le 19 mai 1529.

Roger Simon apparaît comme prieur dans une sentence de l'officialité de Paris, du 22 décembre 1535, en faveur du prieuré de Saint-

(1) Lebeuf, *op. l.*, t. II, p. 380, et documents des Archives nationales, S 1152.

Mandé, au sujet des dîmes. Il était encore prieur le 6 juin 1548, jour où il donna à frère Guillaume Lesposer procuration pour affirmer que les revenus annuels du prieuré ne valaient que 20 livres, 16 sous, 8 deniers.

Il y avait, on l'a déjà dit plus haut, joignant le prieuré une maison dite « l'hôtel du roi ». C'était sans doute un lieu de repos ou un rendez-vous de chasse. Je ne sache pas qu'aucun roi y ait jamais résidé ; les nombreux itinéraires royaux que j'ai consultés ne mentionnent pas Saint-Mandé, qui était d'ailleurs trop rapproché de Vincennes ou du château de Beauté.

L'hôtel du roi remontait à une époque ancienne et devait être d'une certaine importance. Nous trouvons en effet, dans des comptes royaux du mois de juillet 1346, qu'il fut payé la somme de 770 livres, 2 sous parisis pour plusieurs travaux faits audit hôtel depuis les Brandons de 1343 (1re semaine de carême 1344, n. st.) jusqu'à l'Assomption de 1345 (1).

(1) Cepimus super Johannem de Silvanecto, solutorem operum regis in partibus suis, pro denariis solutis domino Guillelmo Flote, cancellario regis, pro pluribus operibus factis in hospitio de Sancto Mandato, juxta boscum Vicennarum, a Brandonibus CCCXLIII usque ad Assumptionem beate Marie Virginis CCCXLV, per cedulam dicti Johannis, VII^c LXX l. II s. p. ; et dictam sum-

En 1537, les religieux de Saint-Magloire pro-
posèrent au roi François Ier d'échanger avec lui
cette « maison et masure en décadence », contre
» huit arpents de pré des appartenances dudict
» prieuré Sainct-Mandé, assis à Charenton, près
» ledict boys, commodes à nourrir les daims et
» connins (*l.* lapins) dudict boys... » Par les
lettres suivantes, François Ier prescrivit aux trésoriers de France de se livrer à une information,
relativement à la demande des religieux de Saint-
Magloire :

« Françoys, par la grace de Dieu roy de
» France, à nos amez et féaulx les trésoriers
» de France, salut et dilection. Nous voulons,
» vous mandons et commettons par ces présen-
» tes que de sur la requeste cy attachée soubz
» le contre seel de nostre chancellerie à nous
» présentée de la partie de noz chers et bien
» amez les religieux abbé et convent de
» Sainct-Magloire à Paris tendant à ce que
» voulsissions faire certaine eschange d'une
» maison et masure à nous appartenant assis
» près la maison et prieuré de Sainct-Mandé,

mam reddidimus regi de emolumento magni sigilli ipsius
regis, pro dicto domino Guillelmo, ejus cancellario ;
totum per cedulam curie (H. Moranvillé, *Extraits des
journaux du Trésor* (1345-1419), dans la *Bibliothèque de
l'École des chartes*, 1888, t. XLIX, p. 171, n° 88.)

» assis près nostre parc du boys de Vincennes,
» vous nous informez ou faictes informer, bien
» et deuement appelé nostre procureur et autres
» noz officiers qui pour ce seront à appeler,
» et l'informacion par vous faicte avec vostre
» advis et celui de nosdicts officiers renvoyés
» par devers nous ou les gens de nostre Con-
» seil privé et secret, pour estre pourveu
» aux suppliant sur ledict eschange, ainsi que
» verrons estre à faire par raison, car tel est
» nostre plaisir. De ce faire vous avons donné
» et donnons plain pouvoir, auctorité, commis-
» sion et mandement especial, mandons et
» commandons à tous noz justiciers, officiers et
» subjects que à vous en ce faisant soit obéy.
» Donné à Chastillon-sur-Loing, le XIIIe jour
» de septembre, l'an de grace mil V^c trente
» sept et de nostre règne le XXIIIe.

» Par le roy en son Conseil,

» BAYARD. »

Il y eut information faite. J'ignore quel fut
le résultat de la proposition d'échange, mais
je n'ai plus trouvé de mention de l'hôtel du
roi.

Le prieuré de Saint-Mandé fut uni, en
même temps que l'abbaye de Saint-Magloire,

à l'évêché de Paris par bulles des papes Pie IV et Grégoire XIII, du 1er septembre 1564 et du 1er septembre 1575. L'exécution en fut prescrite par lettres patentes enregistrées au parlement de Paris (1).

(1) Archives nationales, S 1152.

IV. — PRIVILÈGES ACCORDÉS A SAINT-MANDÉ PAR LE ROI CHARLES V ; SEIGNEURS DE SAINT-MANDÉ

LES documents relatifs à l'histoire féodale et civile de Saint-Mandé pendant le XIVe et le XVe siècles sont extrêmement rares et encore quelques-uns des renseignements que nous avons pu recueillir ne reposent-ils que sur des conjectures. C'est ainsi que l'abbé Lebeuf prétend que la seigneurie de Saint-Mandé aurait été possédée, vers 1330, par Emery d'Orgemont. Qui est cet Emery ? Est-il le même personnage qu'Amaury d'Orgemont, fils de Jean d'Orgemont, chevalier, bourgeois de Lagny-sur-Marne, et père de Jean et de Lancelot d'Orgemont, premier président du parlement de Toulouse, qui testa, en 1285 (1) ? Est-il le même qu'Amaury d'Orgemont, qui fut enterré avec sa femme, Denise de Tilly, à Sainte-Catherine-du-Val à Paris (2) ? Deux

(1) Bibliothèque nationale, Cabinet des titres, dossier ORGEMONT.

(2) L. Pannier, *Méry-sur-Oise et ses seigneurs au moyen-âge*, p. 15.

cents ans plus tard, il y eut bien un Méry
d'Orgemont, celui dont fut l'héritier Claude
d'Orgemont, à qui appartint réellement la seigneurie de Saint-Mandé et que nous retrouve-
rons plus bas. L'abbé Lebeuf n'aurait-il pas
commis une erreur de date et confondu dans
ses notes 1330, 1530 ou 1550 ? Ce Méry, que
Le Laboureur appelait Emery, chevalier, cham-
bellan et échanson du roi, seigneur de Méry,
Mériel, Saucourt, Montubois, etc., embrassa la
carrière des armes et fut tué au siège de Boulogne, le 7 janvier 1551. Il était fils de Pierre
d'Orgemont, trésorier de France (1).

L'abbé Lebeuf semble croire qu' « un nommé
» Jean Hesselin paroît en avoir été seigneur
» en 1391, puisqu'il empêchoit alors de ven-
» dre sans sa permission des chandelles aux
» pélerins de Saint-Mandé, suivant en cela
» l'exemple de Richard, abbé de Saint-Maur,
» à l'usage des pélerins de Saint-Maur » (2).
Si cette conjecture de Lebeuf est exacte, ce

(1) L. Pannier, *op. l.*, p. 34.

(2) T. II, p. 381. Sur cet incident, on trouve, dans les
registres du Parlement (Archives nationales), *Conseils
et plaidoiries*, série X 1496, fol. 16 v°, date du 7 décembre 1391 : « ... un abbé de Saint-Mor, appelé Richart,
» fust celui qui mist premier sus ceste manière de vendre
» les chandellez et après, à l'exemple de lui, Jean Hesse-

qui n'est pas invraisemblable, puisque nous avons vu plus haut qu'un Jean Hesselin, en 1274 et annés suivantes, avait de nombreux biens à Saint-Mandé, il faudrait admettre ou que Jean Hesselin aurait été co-seigneur de Saint-Mandé, avec les d'Orgemont, ou que la seigneurie de Saint-Mandé, après avoir appartenu, au commencement du XIVᵉ siècle, à Emery d'Orgemont, serait passée dans la famille Hesselin pour revenir ensuite, au XVIᵉ siècle, dans la maison d'Orgemont. Ce n'est pas impossible, mais c'est peu probable ; aussi je croirais qu'il est préférable d'identifier l'Emery de l'abbé Lebeuf avec le Méry du XVIᵉ siècle.

Un document d'une haute importance pour l'histoire de Saint-Mandé au XIVᵉ siècle, c'est la charte de privilèges accordée à notre localité par le roi Charles V. Elle attribue aux habitants de Saint-Mandé les mêmes franchises et libertés qu'à ceux de Vincennes, franchises et libertés dont je n'ai malheureu-

» lin fist samblablement en la terre de Saint-Mandé et » Macé de Fleury à Charenton et autres seigneurs... » De quel abbé de Saint-Maur, du nom de Richard, s'agit-il ? Le *Gallia christiana* n'en mentionne qu'un qui vivait un peu après 750. L'abbé Lebeuf (t. II, p. 432, notes) croit qu'il aurait vécu entre Jean II et Pierre II (1285-1331).

sement pas trouvé l'indication ; ce qui nous laisse un peu dans le vague. Cette charte est du mois de décembre 1376 ; elle est en latin. J'en donne une traduction française qui se rapproche autant que possible des formules de ce temps-là :

« Charles, etc. A tous présents et à venir
» savoir faisons que nous, de notre autorité
» royale, certaine science et grâce spéciale,
» certaines causes à ce nous mouvant, avons
» accordé et accordons à toujours mais par les
» présentes aux habitants présents et à venir
» et à chacun d'eux du hameau de Saint-Mandé,
» touchant au mur de notre château ou do-
» maine et bois de Vincennes, de jouir paisi-
» blement et tranquillement des mêmes usages,
» franchises et libertés que ceux dont jouissent
» les habitants dudit château, domaine et bois
» de Vincennes. C'est pourquoi nous donnons
» en mandement, par la teneur des présentes, à
» notre prévôt de Paris et à tous autres justi-
» ciers et officiers de notre royaume présents
» et à venir, aux commissaires députés ou à
» députer sur le fait des fouages, des imposi-
» tions et des autres redevances, de faire en
» sorte et de permettre qu'ils puissent user et
» jouir toujours paisiblement et tranquillement
» de cette grâce et concession, sans les tour-

» menter ou les troubler et sans les laisser tour-
» menter ou troubler eux ou quelqu'un d'entre
» eux. Pour que ce soit à toujours chose ferme
» et stable, nous avons fait mettre notre grand
» scel à ces présentes lettres... Donné à Paris
» en l'an du Seigneur 1376, au mois de décem-
» bre, la 13e année de notre règne.

    » Par le roi,   T. HOCIE. » (1)

Le texte latin porte « ville Sancti Mandeti » ;
plusieurs autres actes, latins et français, du
XIVe et surtout du XVe siècle donnent à
Saint-Mandé la dénomination de « ville ». Il
n'en faudrait pas conclure que cette localité
avait alors une importance justifiant la dénomination que nous attribuons à ce mot. Il
signifiait, à cette époque, village et souvent
même servait à désigner un hameau, comme
c'est le cas pour Saint-Mandé.

De 1376, nous sommes obligés de franchir
presqu'un siècle pour trouver un menu fait qui
mérite à peine d'être signalé : c'est la concession
de l'étang et du vivier du bois de Vincennes,
faite par Louis XI à son barbier, Olivier le
Daim, concierge du château de Vincennes. Les

(1) *Ordonnances des rois de France,* t. VI, p. 246, d'après
le texte conservé au Trésor des chartes, reg. 109, p. 381.

lettres de concession furent enregistrées au Parlement, le 4 janvier 1473 (1).

Dès le milieu du XVIᵉ siècle, à partir de Claude d'Orgemont, nous avons des données presque certaines en ce qui concerne la seigneurie de Saint-Mandé. Fils de Méry d'Orgemont, dont je viens de parler, et de Marie d'O, sa femme, et né en 1535, il se maria, à l'âge de 18 ans, avec Madeleine d'Avaugour ; il fut successivement échanson ordinaire du roi, guidon de la compagnie de 50 hommes d'armes, lieutenant de la compagnie de M. de Candalle, enfin, en 1572, chevalier des ordres. Il mourut en 1586 ou 1587, laissant trois enfants, François, mort en 1587, Marie et Guillemette, celle-ci femme de François des Ursins, morte en 1639, sans enfants, ainsi que sa sœur Marie. Avec Claude d'Orgemont s'éteignit le nom de cette famille, qui a donné un chancelier de France, Pierre (1303-†1389) et un évêque de Paris, aussi nommé Pierre (†1409). Les armes des d'Orgemont sont *d'azur, à trois épis d'orge d'or en pal* (2).

D'après un document conservé aux Archives nationales, Claude d'Orgemont obtint, au mois d'août 1558, du roi Henri II, des lettres pour

(1) Lebeuf, t. II, p. 409.
(2) L. Pannier *op. l.*, p. 35.

faire un papier terrier de la terre et seigneurie de Saint-Mandé. Il avait la haute, moyenne et basse justice, pour l'exercice de laquelle il avait prévôt, lieutenant, greffier, sergents, fourches patibulaires, carcan, prisons, auditoire, etc. (1). Claude d'Orgemont vendit, je ne saurais dire à quelle époque, la seigneurie de Saint-Mandé à Bernard de Fortia (2), IVe du nom, seigneur du Plessis-Fromentières et de Cléreau en Vendômois, second fils de Bernard III de Fortia, seigneur de Paradis, et de Jeanne Miron. Il fut d'abord conseiller au parlement de Bretagne et devint ensuite conseiller au parlement de Paris, le 4 juin 1563. Il mourut le 17 décembre 1573 et fut enterré dans l'église des SS. Innocents à Paris. Le 23 novembre 1555, il avait épousé Charlotte Gayant, fille de Louis Gayant, seigneur de Varâtre et de Villiers-le-Bel, conseiller au parlement de Paris, et de Catherine Rapouel. Il en eut sept enfants, parmi lesquels Marie, qui épousa, en 1586, Jérôme de l'Arche, lieutenant au bailliage du palais (3).

Les armoiries des Fortia sont *d'azur, à la tour d'or, crénelée et maçonnée de sable, posée sur un*

(1) S 1152.

(2) *Ibid.*

(3) Cabinet des titres, à la Bibliothèque nationale, dossier FORTIA.

*rocher de 7 coupeaux de sinople, mouvant du bas
de l'écu*, avec la devise : *Turris fortissima virtus*.

Le mariage de Marie de Fortia avec Jérôme de
l'Arche fit passer la seigneurie de Saint-Mandé
en la possession de celui-ci ; il s'en fit donner
déclaration par ses vassaux, de 1625 à 1630 (1).
Le 5 mai 1629, Guillaume le Maître, maire et
garde de la justice, terre et seigneurie de Saint-
Mandé, pour Jérôme de l'Arche, eut à dresser
procès-verbal dans la circonstance suivante rap-
portée par Lebeuf : « Il arriva en 1629, sur le
» territoire de Saint-Mandé, une espèce de mi-
» racle. Deux voleurs avoient emporté de Saint-
» Maur, au mois de juin 1628, le chef d'argent
» qui renfermoit la tête de ce saint, et, ayant
» rompu ce reliquaire dans un bled proche Saint-
» Mandé, ils avoient enfoui la relique dans la
» terre. Sur les recherches que l'on fit de ce reli-
» quaire, quelques vignerons travaillant entre
» Saint-Mandé et Picquepusse, s'étoient aperçus
» des démarches extraordinaires de ces deux
» hommes ; mais cela en resta là, jusqu'à ce que
» les nommés François Charon et Nicolas Du-
» chemin, labourant en une terre de ces quar-
» tiers là, le soc de la charrue poussa ce chef sur
» le labourage ; il étoit entouré de taffetas rouge,

(1) Archives nationales, S 1152.

» et dans le crâne étoient trois roulleaux de par-
» chemin qui désignoient que c'étoit le chef de
» Saint-Maur, avec mention des translations. Le
» clergé de Saint-Maur et les officiers laïques
» étant appellés au lieu de la découverte, dit la
» Croix-Fossés, il en fut dressé procès verbal le
» samedi cinquième jour de mai 1629, par Guil-
» laume le Maître... » (1) La relique fut déposée
dans la chapelle de Saint-Mandé, jusqu'au jour
où elle fut transférée à Saint-Maur. Jean-François de Gondi, archevêque de Paris, donna, le
18 mai suivant, une sentence pour reconnaître
ce chef, avec ordre d'ériger une croix à l'endroit
où il avait été retrouvé et de relater cet événement sur une plaque de marbre. Il ordonnait
aussi de célébrer tous les ans à Saint-Maur, le 5
mai, la fête de l'invention de ce chef, avec procession à la chapelle de Saint-Mandé et à la croix
du Creux-Fossé, avant la grand'messe, et accor-
dait des indulgences à tous ceux qui y assiste-
raient. L'abbé Lebeuf dit que la croix du Creux-
Fossé ne subsistait plus de son temps et que la
procession avait cessé depuis de nombreuses
années (2).

Le 5 août 1684, Michel de l'Arche, seigneur

(1) T. II, p. 382.
(2) *Ibid.*, p. 434.

de Saint-Mandé, fit aveu, foi et hommage au roi en ladite qualité (1).

Louis, comte d'Aumale et vicomte du Mont-Notre-Dame, devint seigneur de Saint-Mandé, en 1696, comme héritier de Michel de l'Arche. L'archevêque de Paris lui contestait ses droits, car, le dimanche 26 août 1696, le chapelain du prieuré dit à la messe que l'archevêque était seul seigneur de Saint-Mandé et qu'il y ferait poser partout des poteaux avec ses armes (2). Louis d'Aumale avait épousé Michelle-Élisabeth d'Arzillemont. Il portait *d'argent, à la bande de gueules, chargée de 3 besans d'or*. Il ne fut pas longtemps seigneur de Saint-Mandé, car, le 29 mai 1700, il céda sa seigneurie à Jean le Camus, conseiller du roi en ses Conseils, maître des requêtes ordinaire de son hôtel, lieutenant civil de la ville, prévôté et vicomté de Paris. Celui-ci épousa Marie-Catherine du Jardin, fille unique et héritière de Jean du Jardin, seigneur de Beaumetz et du Port, et devint seigneur desdits lieux. Il mourut le 28 juillet 1710, à l'âge de 74 ans, et fut enterré dans l'église des Blancs-Manteaux (3).

(1) *Ibid.*

(2) Archives nationales, S 1125, et Bibliothèque nationale, Cabinet des titres, pièces originales, dossier Aumale.

(3) Bibliothèque nationale, Cabinet des titres, dossiers bleus, v° Le Camus.

Les armes des le Camus sont *de gueules, à un pélican d'argent, avec ses petits dans leur nid ou son aire de même, et un chef cousu d'azur, chargé d'une fleur de lis d'or.*

Marie-Catherine le Camus, fille de Jean, avait épousé Jean-Aymar de Nicolaï, marquis de Goussainville, premier président, après huit de ses ancêtres, de la Chambre des comptes de Paris. Elle mourut le 11 mai 1696. Son père légua tous ses biens à sa petite-fille Marie-Catherine-Élisabeth de Nicolaï, qui elle-même mourut le 14 octobre 1717 (1). La seigneurie de Saint-Mandé échut à Antoine-Nicolas de Nicolaï, conseiller du roi en sa cour de parlement de Paris et premier président en survivance de la Chambre des comptes. Ses armes étaient *d'azur, à un lévrier d'argent courant en fasce, ayant un collier de gueules, bordé d'or, l'anneau de même.* Mais elle passa, vers 1740, à Jacques-François de Bérulle, marquis de Saint-Ange, « seigneur de Saint-Mandé-les-Paris ». Né à Paris, le 4 décembre 1699, du mariage de Pierre de Bérulle, marquis de Foissy, vicomte de Guyencourt, baron de Céant-en-Othe, etc., conseiller en la Cour des aides, maître des requêtes ordinaire de l'hôtel du roi, intendant de justice en Auvergne,

(1) *Ibid.*

à Lyon, premier président au parlement de Grenoble et commandant pour le roi en Dauphiné († 27 octobre 1723), et de Marie-Nicole de Paris († le 31 octobre 1747,) il épousa, le 5 juin 1736, Philiberte-Blanche de Ricard de Courgy, fille de Jean-Baptiste-Jules de Ricard, baron de Courgy, et de Claude de Valon de Mimeure. Il fut capitaine dans le régiment du Roi et mourut, le 21 avril 1767, sans laisser d'enfants. Il fut inhumé dans l'église des PP. de l'Oratoire, rue Saint-Honoré (1).

Le dernier seigneur de Saint-Mandé fut Amable-Thomas, marquis de Bérulle, seigneur de Saint-Mandé, Cerilly, Montaudouard, etc., premier président du parlement de Grenoble, commandant pour le roi en la province de Dauphiné. Il émigra au moment de la Révolution.

La famille de Bérulle, la seule, parmi les seigneurs de Saint-Mandé, dont le nom et le souvenir se soient conservés dans la localité, avait pour armes *de gueules, à un chevron d'or, accompagné de 3 molettes de même, posées 2 en chef et 1 en pointe*.

Après 1750, Saint-Mandé compta au nombre

(1) Bibliothèque nationale, Cabinet des titres, pièces originales, dossier BÉRULLE.

de ses notables habitants Pierre du Velaer de Kerveguen, directeur de la Compagnie des Indes (1) ; Léonard de Baylens, marquis de Poyanne, lieutenant général de l'armée du roi, en 1773 (2), et, vers 1775 (3), la duchesse d'Ayen, femme de Louis, maréchal de Noailles, qui y avait acquis une maison pour la somme de 63,000 livres.

A côté des noms des d'Orgemont, des Fortia, des de l'Arche, des d'Aumale, des le Camus, des Nicolaï, des Bérulle, des Kerveguen et des Poyanne, il y en a un qui les fait tous pâlir, même celui des Noailles, c'est celui de Fouquet. Il ne fut pas seigneur de Saint-Mandé, à la vérité, mais le quelque lustre que notre localité a pu avoir dans le passé, elle l'a surtout tiré de la résidence du surintendant. C'est pourquoi il ne me paraît pas hors de propos de parler ici de lui avec quelques détails. Mon guide, dans le chapitre que je lui consacre, est naturellement l'ouvrage du vénérable M. Chéruel, de l'Institut, intitulé : *Mémoires sur la vie publique et privée de Fouquet.*

(1) Terrier de Saint-Mandé, aux Archives communales de Vincennes.

(2) Id., *ibid.*

(3) Archives nationales, T 86, 17.

V. — FOUQUET A SAINT-MANDÉ

ROCUREUR GÉNÉRAL au parlement de Paris en 1650, surintendant des finances, avec un brevet de ministre d'État, dès le mois de février 1653, c'est à dire à l'âge de 38 ans, Fouquet était presque à l'apogée de sa prodigieuse fortune, quand il fit, vers 1657, l'acquisition de propriétés à Saint-Mandé. Elles consistaient en deux maisons et un parc, qui appartenaient à Pierre de Beauvais, conseiller du roi en ses Conseils d'État et privé, et à sa femme, Catherine Bellier, première femme de chambre d'Anne d'Autriche et une des agentes les plus actives de Fouquet (1). M. et Mme de Beauvais avaient eux-mêmes acheté, en 1646, le parc et

(1) Déjà le 31 août, le 5, le 7 et le 10 septembre 1654, il avait acquis, à Saint-Mandé, quelques pièces de terre de Jean Vitry et Denise Aytru, sa femme, demeurant à la Pissotte; de Jean Viennot, vigneron, de Vincennes; de Marin Bouillon, vigneron, et Marie Dory, sa femme, de Saint-Mandé; et de Jean de la Haye, vigneron, de Charenton-Saint-Maurice.

+ N· FOVCQVET· P· G· SVMMVS· ÆRARIO· PRÆFECTVS· REGNI· ADMINISTER·

R·F·

FOUQUET

H. Voisin d'après un Estampe du Temps

une des maisons de Barrin de la Galissonnière, maître des requêtes.

En se ménageant cette installation à Saint-Mandé, Fouquet voulait s'assurer une retraite discrète et être à proximité du château de Vincennes, où le cardinal Mazarin dont il était le collaborateur, le confident, on peut dire le complice, venait passer une partie de l'été. Il n'avait, pour se rendre au château, qu'à traverser ses jardins et le parc royal qui communiquaient ensemble. Fouquet méritait encore ou avait su garder la confiance du roi. Louis XIV tint à le lui témoigner, au mois de novembre 1657, en lui faisant une visite à Saint-Mandé. Cet événement fut célébré par Loret qui, dans la *Gazette* du 17 novembre suivant, le relate, selon son habitude, en de fort médiocres vers :

Notre roi, dimanche au matin,
Jour et fête de Saint-Martin,
Étant suivi de l'Eminence
Et d'autres gens de conséquence,
Ayant ouï messe et prié Dieu
Fut voir cet agréable lieu,
Qui Saint-Mandé, sans faute nulle,
Se qualifie et s'intitule,
Où le seigneur de la maison,
Dont, avec juste raison,
On fait cas, par toute la France,
Bien moins pour sa surintendance,
Etc., etc.

Modeste d'abord, la résidence de Fouquet ne
tarda pas à subir des transformations et à prendre des développements considérables. Mais
elle fut disposée selon de certains principes,
dont l'idée seule dénotait de très graves préoccupations. L'entrepreneur, chargé des constructions et qui faisait aussi les maçonneries du
Louvre, avait reçu l'ordre de ne faire que des
bâtiments bas et à un seul étage, de crainte que
l'élévation en déplût au roi ; de même, la partie
des bâtiments qui regardait Vincennes ne devait être et n'était couverte que de tuiles; l'autre
partie l'était d'ardoises, « de telle sorte, dit une
relation du temps, que venant dudit lieu de
Vincennes, l'on ne pense voir que *vilia lugu-*
» *ria* et venant du côté de Conflans, on croit
» voir une pompeuse ville. » Ce mode de couverture avait paru bizarre aux contemporains de
Fouquet ; on lui en fit un grief, lors de son procès; il fut même chansonné dans le couplet suivant :

> Quand d'ardoise il couvrit son toit,
> L'autre de tuiles seulement,
> Fut-ce pas pour tromper le roi ?
> Répondez à cet argument.

De pareilles précautions ne sont pas le fait
d'une conscience bien pure ; si j'ajoute que, par
surcroît de prudence, il avait eu la pensée de

Maison Constant

faire établir partout des souterrains pour pouvoir aller et venir sans être vu, il faudra bien reconnaître que Saint-Mandé devait être ou aurait été le théâtre, le témoin de faits de toutes sortes. Cette partie du projet ne reçut, faute de temps et par suite de la rapidité avec laquelle les événements se précipitèrent, qu'un commencement d'exécution. Il y eut au moins trois souterrains creusés, d'une longueur plus ou moins considérable. On en connaît encore un tronçon qui se dirige presque perpendiculairement à la Grande-Rue, depuis la propriété Séguinot jusqu'au pavillon des gardes, n° 91 de la Grande-Rue, en passant par dessous l'ancienne maison Constant. Le reste, sous la propriété de M. Reneaume, n° 2 de l'avenue Herbillon, est comblé.

La physionomie extérieure du château de Fouquet n'a malheureusement été conservée par aucune gravure, par aucun document figuré. Nous savons seulement que l'ensemble des constructions bordait six cours. La maison n° 2 de l'avenue Sainte-Marie et le n° 116 de la Grande-Rue, maison Constant, maintenant démolie, en sont un vestige bien peu luxueux, il faut en convenir.

Le reste de la propriété se composait d'un parc et de jardins dont les limites répondent presque exactement à l'espace compris entre les rues de l'Épinette, l'avenue Daumesnil, le jardin d'arboriculture et la Grande-Rue.

Les jardins renfermaient deux cents grands orangers ; ils étaient embellis de statues et plantés de fleurs rares. Ils étaient entretenus avec le plus grand soin par un jardinier allemand, homme de confiance de Fouquet. Il se nommait Le Henriste, et, disent les rapports du temps, il était vêtu, logé et meublé comme un honnête homme, c'est-à-dire comme un homme de qualité.

Autant l'extérieur paraissait simple et sévère, autant l'intérieur était confortable et luxueux. L'abbé de Marolles parle, dans ses *Mémoires*, des belles peintures que Fouquet avait fait exécuter à Saint-Mandé; elles étaient accompagnées de devises en vers français, composées par La Fontaine et de devises en vers latins par Nicolas Gervaise, médecin et ami du surintendant. Des objets d'art et de curiosité y avaient été rassemblés à grands frais ; la beauté des galeries, la richesse de la bibliothèque faisaient l'admiration des étrangers et des connaisseurs. En 1661, au moment de l'arrestation de Fouquet, les constructions n'étaient pas terminées ; on estimait alors à onze cent mille livres les sommes qui y avaient été déjà englouties, et les frais d'entretien s'élevaient au moins à six ou sept mille livres par an.

Parmi les curiosités de Saint-Mandé, il y avait, entre autres, deux momies que, dans ce temps-là, on prenait fort sérieusement pour les restes mortels de Chéops et de Céphrem. « On » les voit, dit Sauval, dans ses *Antiquités de* » *Paris,* à Saint-Mandé, village à un quart de » lieue de Paris, dans la maison de plaisance » du surintendant Fouquet, le jouet de la for- » tune. Ce sont des coffres ou pierres de granit » plus grandes que nature, fort mal faites et qui » enfin ressemblent aux autres momies des » Égyptiens qu'on ne peut regarder sans » horreur... » (1).

Après avoir gravement disserté sur ce lugubre sujet, il ne peut cependant s'empêcher d'émettre plus loin l'avis que ces momies ne sont pas celles de Chéops et de Céphrem. Peu importe au bon La Fontaine qu'il se croie en présence de Chéops et de Céphrem ; il trouve bien plus simple d'en rire. Il se plaint doucement au surintendant de lui avoir fait attendre une audience dans sa bibliothèque et dans ses galeries, et dit :

(1) T. II, p. 334.

En ce superbe appartement,
Où l'on a fait d'étrange terre,
Depuis peu, venir à grand'erre,
Non sans travail et quelque frais,
Des rois Céphrim et Kiopès
Le cercueil, la tombe ou la bière,
Pour les rois, ils sont en poussière,
C'est là que j'en voulois venir.
Il me fallut entretenir
Avec ces monuments antiques,
Pendant qu'aux affaires publiques
Vous donniez tout votre loisir.
Certes, j'y pris un grand plaisir.
Vous semble-t-il pas que l'image
D'un assez galant personnage
Sert à ces tombeaux d'ornement ?
Pour vous en parler franchement,
Je ne puis m'empêcher d'en rire.
Messire Orus, me mis-je à dire,
Vous nous rendez tout ébahis :
Les enfants de votre pays
Ont, ce me semble, des bavettes
Que je trouve plaisamment faites,
On m'eût expliqué tout cela ;
Mais il fallut partir de là
Sans entendre l'allégorie.
Je quittai donc la galerie,
Fort content, parmi mon chagrin,
De Kiopes et de Céphrin,
D'Orus et de tout son lignage
Et de maint autre personnage.
Puissent ceux d'Egypte en ces lieux,
Fussent-ils rois, fussent-ils dieux,
Sans violence et sans contrainte,

Se reposer dessus leur plinthe,
Jusques au bout du genre humain !
Ils ont fait assez de chemin
Pour des personnes de leur taille.
Et vous, seigneur, pour qui travaille
Le temps qui peut tout consumer,
Vous que s'efforce de charmer
L'antiquité qu'on idolâtre,
Pour qui le Dieu de Cléopâtre,
Sous nos murs enfin abordé,
Vient de Memphis à Saint-Mandé,
Puissiez-vous voir ces belles choses,
Pendant mille moissons de roses.
Etc., etc.

Il y avait aussi une collection de médailles, peu importantes, paraît-il, et peu antiques. Les médailles d'or sont appréciées au poids ; il y en avait 122, « du poids chacune d'environ une » pistole, à l'exception d'une seule, qui peut » peser quatre pistoles. » Quelques-unes étaient en argent et le reste d'autre matière.

Mais la principale richesse de Saint-Mandé consistait dans l'importante bibliothèque que Fouquet y avait rassemblée, plutôt sans doute pour obéir à la mode du temps que pour satisfaire des goûts studieux. Les reliures qu'il faisait exécuter pour lui étaient généralement en veau fauve, avec les initiales redoublées φφ (*phi* grec), avec ses armoiries sur le dos et les plats de la couverture. Ces armoiries portaient un écureuil, — un *foucquel* en breton et en patois angevin, — avec cette fière devise : *Quo non ascendam?* Jusqu'où ne monterai-je pas ?

Cette magnifique bibliothèque, qui ne comprenait pas moins de 30,000 volumes et de 1,050 manuscrits, était confiée à la garde d'un jésuite breton, le P. des Champsneufs. Elle provenait en partie d'un héritage de famille, de la bibliothèque médicale de René Moreau qu'il avait payée 10,000 livres, et en partie de celle de M. de Harlay ; elle avait été formée avec tout le soin que les esprits cultivés de ce temps apportaient au choix de leurs collections bibliographiques. Les manuscrits avaient pour la plupart appartenu à Charles de Montchal, archevêque de Toulouse, dont la bibliothèque était en grande réputation au XVII⁰ siècle. Après sa mort, ses manuscrits furent proposés à la reine de Suède, moyennant 10,000 écus. Christine ne les acquit pas, heureusement, car les manuscrits de Montchal seraient allés grossir une collection qui n'est pas une des moindres richesses de la bibliothèque du Vatican. Jean Bouhier, de Dijon, songeait alors à les acheter. Il en offrait 3,000 livres, en disant, le 10 janvier 1655 : « Je ne crois pas qu'aucun parti-
» culier autre que ceux à qui l'argent ne coûte
» rien, en veuille donner davantage. » L'argent

ne coûtait guère à Fouquet; il put donc dépasser les offres de Bouhier et devint ainsi propriétaire des manuscrits de Montchal. Indépendamment des manuscrits anciens que Fouquet avait recueillis, il s'était fait copier, pour son usage personnel, un double des manuscrits de la collection de Brienne, d'amples extraits des registres du Parlement, de la Chambre des comptes et divers documents administratifs (1).

Telle était à peu près la résidence que Fouquet s'était créée à Saint-Mandé. Assez rapproché de Paris pour s'y rendre en peu de temps, quand les graves intérêts dont il avait la charge l'y appelaient, près de Vincennes où il pouvait aller, quand il y avait lieu, conférer avec Mazarin, il semblait, et c'était l'opinion presque généralement admise, que Fouquet se retirait à Saint-Mandé pour vaquer plus à l'aise et loin des intrigues aux affaires de l'État. Il y a certainement un peu de vrai dans cette opinion, mais ceux qui connaissaient le surintendant savaient bien à quoi s'en tenir là-dessus. « Il se chargeoit » de tout, dit l'abbé de Choisy dans ses *Mé-* » *moires*, et prétendoit être premier ministre, » sans perdre un instant de ses plaisirs. Il faisoit » semblant de travailler seul dans son cabinet de

(1) L. Delisle, *Le Cabinet des manuscrits de la Bibliothèque impériale,* t. II, p. 270-274.

» Saint-Mandé, et pendant que toute la Cour,
» prévenue de sa future grandeur, étoit dans
» son antichambre, louant à haute voix le travail
» infatigable de ce grand homme, il descendoit
» par un escalier dérobé dans un petit jardin où
» ses nymphes, que je nommerois bien si je
» voulois, et même les mieux cachées, lui
» venoient tenir compagnie au prix de l'or. »
Le cabinet auquel faisait allusion l'abbé de
Choisy, était, en partie, sur l'emplacement
actuel du pavillon des gardes, mais où était le
fameux jardin, témoin des amours du surintendant, je l'ignore. Ce qui est certain, c'est que la
résidence de Saint-Mandé lui servait de petite
maison et que c'est à Saint-Mandé qu'il recevait
le plus souvent les maîtresses qui s'étaient atta-
chées à lui autant par calcul et par ambition
que par amour.

Fouquet avait alors pour voisine de campagne,
à Saint-Mandé, une certaine Brigitte Converset,
femme de Louis de la Loy, écuyer, qui demeurait à Paris, au Palais-Royal. Sa maison, m'a
dit M. Rouget de Lisle, à qui je dois plus d'un
précieux renseignement, occupait à peu près
l'emplacement du n° 93 actuel de la Grande-
Rue ; par conséquent, elle était en face le cabinet du surintendant. Celui-ci avait pour dame
Brigitte beaucoup de sympathie et d'estime,

comme il n'hésite pas à le déclarer dans une de
ses lettres. C'est qu'elle lui rendait des services
de plus d'un genre. Au point de vue politique,
elle faisait de l'espionnage à son profit; dans
un autre ordre d'idées, elle remplissait pour
son débauché voisin des fonctions très spéciales
pour lesquelles il eût été difficile de trouver
ailleurs autant de souplesse et de savoir-faire.
En un mot, la femme la Loy était, pour l'appeler par son nom, une entremetteuse, dont le
plus grand souci était de fournir au surintendant
le plus de chair fraîche possible, des « novices »,
comme elle dit dans certain de ses billets, et de
retirer de son courtage le plus de profit possible.
Je ne saurais résister au plaisir de donner un
spécimen du style, de l'orthographe et de la mo-
ralité de la matrone dont le nom, si je ne me
trompe, est arrivé sous une forme altérée, il
est vrai, jusqu'à nous, mais absolument comme
si elle avait su se rendre recommandable par
ses vertus ou ses bienfaits. A mon humble avis,
c'est elle ou son mari, peut-être l'un et l'autre,
qui sont le parrain et la marraine de la rue de
l'Alouette, ainsi appelée du champ de l'Alouette,
dénominations qui ne signifient rien, moins
que rien, et ne doivent pas être autre chose
qu'une corruption de champ de la Loy. La rue
de l'Alouette devrait donc, si ma conjecture est

fondée, être la rue de la Loy, mais, pouah !
quels parrains ! ! !

Ce doit être également au souvenir des allées
et venues des maîtresses de Fouquet à Saint-
Mandé que se rattache la dénomination, — terri-
blement populaire, — de Passe-p...... donnée à
une des ruelles qui conduisait à sa résidence.
Cette dénomination, devenue et restée officielle,
puisqu'elle figure sur le plan manuscrit de 1782,
qui est à la mairie de Saint-Mandé, s'est conservée jusqu'en 1834, année où, sur la demande
du sous-préfet de Sceaux, le conseil municipal
changea le nom de cette ruelle en celui de Chemin des marais.

Voici donc deux des billets de la femme la Loy
à Fouquet, trouvés dans la fameuse « cassette
» aux poulets », dont parle madame de Sévigné dans une de ses lettres. Ils sont dans un des
volumes des papiers de Fouquet conservés au
département des manuscrits de la Bibliothèque
nationale ; le premier est daté du 27 novembre
1660 :

« Jay renvoiees deus foies a Saint-Mendé
» pour recevoier loneur de vos commendement
» et aprendre cant je pourroy aitre asse heureuse
» pour vous aller fere la reverense. Maies je
» nenne resus aucune ordre et baien que je croy

» quissis je ne pourre pas si fasilement jouir de
» se boneur vous aure la bonte de me faire sa-
» voier comme vous aprevez que je fasse pour
» vous rendre conte de tout se que j'ay appris.
» Je ne peus m'empaicher monseinieur duse de
» redite et vous supler de monore tougour de
» loneur de votre baien veliense etant la chause
» du monde que je soite avecque le plus de pa-
» sion et quil ni ais raien au monde que je ne fise
» pour la pouvoier merite ses la protaitasion que
» vous faict la creature qui sera toute sa vis ave-
» que la soumission que je vous doies, votre tres
» humble et tres aubeisente et oblige servante. »

Celui qui suit prouve que le sieur la Loy était
le digne complice de sa femme : « La personne
» que vous savés (mademoiselle de Menneville)
» ne menquera pas de venir se soy elle lis sera
» des les sies heure et vous atendra a leure que
» vous pourre venir. M. de la Loy sera dens le
» pres a la porte derrier quil vous atendra il lis
» sera des les sis seure ous plus tost. » Il y a
presque aussi pis que tout cela ; croirait-on que
c'était le fils de la femme la Loy, un enfant de
dix ans, qui était chargé de remettre à Fouquet
les lettres de sa mère ?!!!

Jamais surintendant ne trouva de cruelles,

a dit Boileau, en faisant allusion à Fouquet. Sans

compter les nombreuses bonnes fortunes anonymes qu'il ne put manquer d'avoir, grâce à la complaisance toujours en éveil de la femme la Loy, Fouquet eut une quantité respectable de maîtresses, les unes supposées, il est juste de le reconnaître, — comme la marquise d'Asserac, madame de Sévigné et madame Scarron, plus tard, madame de Maintenon, qui surent lui résister et ne furent jamais pour lui que des amies dévouées ; — d'autres douteuses, comme madame du Plessis-Bellière, et la duchesse de Valentinois ; enfin, d'autres avérées, comme mesdemoiselles de Treseson, du Fouilloux et de Menneville. Il trouva le moyen d'utiliser les talents diplomatiques de mademoiselle de Treseson en la faisant envoyer en Savoie, en 1658, pour préparer le mariage du roi avec la princesse Marguerite. Elle s'acquitta consciencieusement de sa mission et quand elle en rendit compte à son seigneur et maître, elle éprouva, à plusieurs reprises, le besoin de lui parler de certain petit cabinet dont elle avait dû garder un bien doux souvenir.

Mademoiselle du Fouilloux, qui avait sinon une propriété, au moins un pied-à-terre, dans les parages de la Chaussée de l'étang, devait à la femme la Loy d'avoir une part dans les affections de Fouquet. Elle était d'une beauté abso-

lument remarquable et était attachée à la cour.
Pour éviter toute cause de jalousie entre elle et
mademoiselle de Menneville, la femme la Loy
avait soin de faire en sorte qu'elles ne se rencon-
trassent jamais ensemble en présence du surintendant.

Mais la favorite fut mademoiselle de Menneville, fille d'honneur de la reine, et c'est elle qui
fit les plus beaux jours de Saint-Mandé. Elle
était citée, avec mademoiselle du Fouilloux,
comme la plus jolie femme de la cour. Ses rela-
tions avec Fouquet paraissent remonter à la fin
de 1660. Les négociations qui y aboutirent, furent menées à bon terme par la femme la Loy.
« C'est elle, dit M. Chéruel, c'est elle qui livre
» la fille d'honneur au surintendant, qui fixe
» l'heure des rendez-vous et y conduit made-
» moiselle de Menneville ; c'est elle surtout qui
» se charge des demandes d'argent et les renou-
» velle dans presque toutes ses lettres avec une
» insistance digne de sa profession et de son
» caractère. » Ailleurs M. Chéruel dit : « C'est
» à Saint-Mandé que Fouquet recevait ordinai-
» rement mademoiselle de Menneville. »

Cinquante mille livres, voilà le prix des premières faveurs de mademoiselle de Menneville
au surintendant. Aimait-elle Fouquet d'un

amour vénal ? Non, elle était surtout ambitieuse, on le verra plus loin, mais elle était littéralement la proie de l'entremetteuse qui voulait retirer des deux parties le prix de ses complaisances. De mademoiselle de Menneville, elle le recevait d'une manière détournée, soit en lui procurant à crédit et à des prix exorbitants des bijoux, des objets de toilette, soit en lui faisant des avances d'argent qu'elle exagérait auprès du surintendant, lorsqu'elle lui faisait part de la détresse de sa protégée.

Il nous est resté de mademoiselle de Menneville plusieurs lettres à Fouquet, qui ont été trouvées dans la fameuse cassette secrète de Saint-Mandé. En voici une qui a, à plusieurs points de vue, une saveur particulière :

« Rien ne peut me consolé de ne vous avoier
» poient vu, si se net quand je chonge que se la
» auret peu fere malle se raies la chose du monde
» qui me se raies la plus sansible. Je trouveré le
» tant fort lon de vostre apesance. Vous me feriés
» un for gran plesier de me fere savoier de vos
» nouvelles. Joré bien de lin quiestude de vostre
» santé. Pour mes afaiere il sont tous jours en
» maiesme estat il na poient voulu dire quant
» a leurs majestés disancs tous jours qu'il le fe-
» roict. A moi il me faict tous jours les plus

» grans sermans du monde. Je né poient pris de
» resolution de rompre ou datandre que je né
» sue vostre avie. Saies le seul que je suivré.
» Adieu, je suis tout a vous. Je vous prie que la
» pesance ne diminue poient la mitié que vous
» m'avé promis. Pour moie, je vous assure que
» la mienne dura toute ma vie. Adieu, croiés que
» je vous esme de tout mon cœur et que je ne
» me ré jamais que vous. »

Il est question dans ce billet, on l'a vu, de certaines « afaiere » qui « sont tous jours en maiesme état », et de quelqu'un qui « faict tous jours » les plus grans sermans du monde » à mademoiselle de Menneville. Cette affaire est un projet de mariage qui remontait à 1657 et reposait sur un acte en bonne et due forme ; l'auteur des serments n'était autre que son fiancé, François-Christophe de Lévi, duc d'Amville, qui empruntait à mademoiselle de Menneville et qui dépensait une partie de l'argent qu'elle recevait de Fouquet. Peut-être ne trouvait-elle pas qu'elle payât trop cher l'espérance d'être un jour duchesse, car elle poursuivait obstinément ce rêve. Mais d'Amville mourut au mois de septembre 1661, à l'âge de cinquante ans.

Ces détails, rigoureusement authentiques, dénotent de singulières mœurs et ne sont pas faits pour donner une idée bien avantageuse de la délicatesse des sentiments de certains personnages de la haute société d'alors.

Il serait facile, mais il est inutile de pénétrer plus avant dans l'étude de ces mœurs ; le sujet n'y gagnerait rien en intérêt.

Un dernier mot sur d'autres distractions, plus innocentes celles-là, mais souvent bien coûteuses, auxquelles on se livrait à Saint-Mandé. On y jouait et gros jeu. Jean Hérault, sieur de Gourville, financier et familier de Fouquet, qui a laissé des *Mémoires*, nous apprend qu'étant à Saint-Mandé, il gagna 1,700 pistoles, soit 17,000 livres de monnaie du temps et plus de 40,000 francs de monnaie actuelle. Fouquet, jouant contre Gourville, perdit jusqu'à 60,000 livres et les regagna d'un coup.

Cependant l'amour des plaisirs n'absorbait pas tout entier le surintendant. Il convoitait ardemment la succession de Mazarin. Quand le cardinal mourut, le 9 mars 1661, Fouquet se rendait de Saint-Mandé à Vincennes.

Il rencontra en route Henri-Louis de Loménie, comte de Brienne, qui lui annonça la nouvelle. Lorsqu'il arriva à Vincennes, le roi était déjà en conférence avec les secrétaires d'État de

Lyonne et Le Tellier. L'accueil glacial qui lui fut fait ne lui prouva que trop qu'il devait désormais renoncer à s'élever plus haut.

Ce n'est pas ici le lieu de s'occuper des pièges qui furent tendus à Fouquet, surtout par Colbert, pièges dans lesquels il se fit si bien prendre ; ni de l'impression désastreuse que laissèrent les splendeurs des fêtes du château de Vaux dans l'esprit du roi, qui ne lui pardonnait pas d'avoir eu l'audace d'essayer de le supplanter auprès de mademoiselle de la Vallière; ni des circonstances qui précédèrent et accompagnèrent son arrestation à Nantes, le 5 septembre 1661. Dès qu'il se vit perdu sans ressources, sa première pensée et ses premières paroles furent pour Saint-Mandé : « A madame du Plessis, à » Saint-Mandé », dit-il à un de ses partisans, nommé Codur. Par ordre du roi, un gentilhomme, Vouldi, était parti en poste pour aller mettre les scellés dans les maisons de Fouquet, à Paris, à Vaux et à Saint-Mandé, mais il arriva douze heures après un valet de chambre du surintendant qui tenait les relais de son maître et apporta à Paris la nouvelle de son arrestation. Madame du Plessis-Bellière, qui avait toute sa confiance, fit aussitôt appeler l'abbé Fouquet et Bruant des Carrières, un des commis du surintendant, pour délibérer sur ce qu'il convenait de faire.

L'abbé était d'avis qu'il fallait mettre le feu à la maison de Saint-Mandé, pour détruire ainsi tous les papiers qui pouvaient compromettre son frère. Madame du Plessis-Bellière déclara que ce serait le meilleur moyen de perdre Fouquet, car on supposerait que ces papiers renfermaient la preuve de tous les crimes dont on l'accusait. Son opinion prévalut.

On ne peut s'empêcher de frémir, quand on pense que, sans le sage avis de madame du Plessis-Bellière, les richesses de toutes sortes accumulées à Saint-Mandé auraient inutilement péri. Les conséquences d'un incendie auraient pu être plus épouvantables encore, puisque, dans une petite chambre, appelée le magasin, il y avait trois grands barils pleins de grenades de fer, de fonte, environ cinquante pots de grès et un muid rempli de poudre, du plomb, etc., munitions de guerre qui n'étaient sans doute pas là par un pur effet du hasard ; les quelques habitants de Saint-Mandé n'en auraient pas été tous quittes pour la peur.

Pendant ou peu après la conférence de madame du Plessis, de l'abbé Fouquet et de Bruant des Carrières, arriva Vouldi.

Les scellés furent posés partout et des soldats du château de Vincennes furent chargés de faire bonne garde. Puis une commission fut nommée par le chancelier Séguier pour procéder à un inventaire de ce que renfermait la maison de Saint-Mandé. Cette commission était composée des conseillers d'État de Lauzon et de Lafosse et des maîtres des requêtes Poncet et Bénard de Rezé. Ce qui était le plus intéressant, c'étaient, sans aucun doute, les papiers. Aussi le roi voulut-il les examiner lui-même. Les commissaires en firent trois parts : les lettres d'amour et la correspondance particulière ; les documents de finances et enfin les papiers politiques.

Les lettres d'amour étaient dans une cassette secrète, et, s'il est vrai, comme l'a dit madame de Motteville dans ses *Mémoires*, que « peu de per-» sonnes furent exemptes d'avoir été sacrifiées » à ce veau d'or », on se fera facilement une idée de l'émotion que fit naître la seule pensée que la mystérieuse cassette pourrait être découverte. Il est juste de dire que le dépouillement en fut fait par les commissaires avec beaucoup de circonspection. L'un d'eux, de Lafosse, écrivait, le 23 septembre, à Séguier afin de lui faire part des mesures de prudence qu'ils prenaient pour mener à bon terme cette opération délicate :

« Il nous est arrivé aujourd'hui pendant que

» nous continuions notre inventaire à Saint-
» Mandé, sur les cinq heures du soir, un maré-
» chal-des-logis des mousquetaires du roi, accom-
» pagné de cinq desdits mousquetaires, qui
» nous a rendu une lettre de M. Colbert, qui
» nous avertit que Sa Majesté veut que nous
» mettions entre les mains desdits mousque-
» taires les pièces que lui, Colbert, avoit remar-
» quées, étant ici, pour les porter et les faire
» voir à Sa Majesté. Après avoir usé de quelques
» civilités envers les mousquetaires et les avoir
» fait retirer dans une chambre séparée pour
» les régaler d'une petite collation, nous avons
» délibéré sur la chose que nous avons jugée de
» grande conséquence et dans laquelle nous
» avons mis pour fondement qu'il falloit obéir
» au roi. La raison de notre doute pour la ma-
» nière de notre obéissance a été que les papiers
» que l'on nous demande sont de trois sortes :
» 1° Il y a des lettres missives, presque toutes
» sans signature, et en des termes qui ne peu-
» vent servir qu'à déshonorer quelques femmes
» pour la trop grande liberté d'écrire ; et, pour
» ces pièces, non seulement nous ne faisons pas
» difficulté de les rendre sans cérémonie, mais
» même nous avons pensé qu'il étoit de la cha-
» rité de les supprimer, et portant de les laisser
» sortir de nos mains pour satisfaire au désir
» que le roi a de les supprimer », etc.

Seulement, au lieu de remettre ces lettres aux mousquetaires, les commissaires chargèrent Poncet, l'un d'eux, de les porter au roi. Elles furent lues par lui, et, paraît-il, par la reine-mère et Le Tellier. Le 27 septembre, Poncet revint de Fontainebleau, rapportant les papiers, à l'exception des lettres, dont quelques-unes furent gardées par le roi ou détruites par ses soins ; d'autres furent conservées par Baluze, bibliothécaire de Colbert ; ce sont surtout les immondes lettres de la femme la Loy, au nombre d'environ cent vingt, et quelques lettres de mademoiselle de Menneville. Elles sont maintenant à la Bibliothèque nationale, où il est plus facile de les voir que de les lire.

Malgré tout, il y eut des indiscrétions commises, et l'émotion fut grande parmi les dames de la cour. Madame de Sévigné, écrivant à Ménage, déplore que ses lettres à Fouquet aient été mises « dans la cassette de ses poulets », et se plaint de se voir nommer parmi tant d'autres. Ainsi qu'il arrive toujours en pareille occasion, la rumeur publique exagéra la réalité, et, comme s'il n'y avait déjà pas eu trop de lettres, on en inventa encore. Celles de mademoiselle de Menneville étaient, malheureusement pour elle, trop authentiques, et les détails qui la concernaient dans la correspondance de la femme la Loy n'étaient pas de nature à donner une haute idée de sa vertu. Aussi fut-elle obligée de quitter la cour et de s'enfermer dans un couvent. Elle y mourut à l'âge de trente-trois ans.

Parmi les papiers que Poncet avait été chargé de remettre au roi, il y avait un petit cahier qui avait été scellé par Colbert. Il fut trouvé par les commissaires dans le cabinet de Fouquet, derrière une glace. C'est là que le surintendant l'avait lui-même caché, dans les derniers mois de 1660, au lieu de le brûler, comme le lui conseillait Gourville, son ami. Il eût été bien inspiré en suivant ce conseil, car il eût fait ainsi disparaître les traces d'un crime qui lui fut plus justement reproché qu'aucun autre, celui de trahison envers l'État.

Sous prétexte de résister à Mazarin, dans le cas où le cardinal voudrait le poursuivre de sa colère, mais, en réalité, pour être en situation, le cas échéant, de lutter contre l'autotité royale, Fouquet s'était assuré d'un certain nombre de places fortes et de partisans. Concarneau, Ham, Calais, le Havre, etc., devaient être munis de troupes et de vivres: l'Ile-Dieu devait être prête à recevoir des vaisseaux; Belle-Isle, qu'il avait achetée 1 million 300,000 livres et qu'il armait d'une façon formidable, deviendrait le boulevard de la résistance. Il avait acquis des vaisseaux en Hollande ; il avait désigné les gouverneurs qui devaient s'enfermer dans les places et s'y préparer à la résistance ; ceux qu'il conviendrait de s'attacher, comme Fabert à Sedan, Feuquières, le capitaine de marine Guinan, Créqui, général des galères, qui commandait la flotte de la Méditerranée ; Neuchèze, qui était à la tête de la flotte de l'Océan, etc., etc. On comprend que l'abbé Fouquet ait eu l'idée d'incendier la résidence de son frère, s'il ne connaissait pas l'endroit exact où le plan était caché.

Les commissaires constatèrent qu'il n'y avait à Saint-Mandé qu'un mobilier peu considérable ; ils n'y trouvèrent ni or, ni argent, ni pierreries ; il y restait fort peu de vaisselle d'argent, tout le reste ayant été transporté à Vaux pour les splendides fêtes du 17 août précédent. Cette circonstance nous prive d'un élément d'informations qui aurait permis de donner un aperçu du luxe qui régnait à Saint-Mandé.

Lors de l'inventaire des médailles, il en manquait une soixantaine en or. Le bibliothécaire de Fouquet, le Père des Champsneufs, se défendait énergiquement de les avoir volées. Selon lui, elles ne valaient que deux cents francs, et le voleur aurait pénétré par une fenêtre basse qui fermait mal. Ce qu'on ne s'explique guère, c'est que le vol ait pu être commis pendant que la maison était gardée par les soldats et que le voleur n'ait pas mis la main sur un plus grand nombre de médailles du même métal. La lettre indignée du P. des Champneufs se termine par cette déclaration : « Quoique je sois breton, on » ne m'a jamais accusé ny soupçonné d'être vo- » leur ny yvrogne ; je ne commenceray après » soixante ans. »

L'inventaire de la bibliothèque paraît avoir été fait assez sommairement. Il ne donna lieu à aucun incident notable. Un seul livre, trouvé dans le cabinet secret, semble avoir particuliè- rement frappé l'attention des commissaires ; c'est, disent-ils, « *l'École des filles,* imprimé à » Leyden, si sale, si impudique et infâme, que » nous avons cru devoir le faire brûler. »

Après son arrestation, Fouquet fut détenu à Angers, à Amboise, puis à Vincennes, où il arriva le 31 décembre 1661. Il aperçut, en passant, sa maison de Saint-Mandé et ne put s'empêcher de dire qu'il aimerait mieux prendre à gauche qu'à droite, mais qu'il n'avait qu'à se résigner. Il fut enfermé dans la première chambre du donjon et fut admis à garder avec lui Pecquet, son médecin, et son valet de chambre, Lavallée.

Les meubles qui garnissaient sa chambre et les cabinets dépendants furent amenés de Saint-Mandé. Fut-ce une satisfaction qu'on lui accorda sur sa demande ou bien voulut-on insulter à son malheur ? Pendant plus d'une année, jusqu'au jour de son transfert à Moret, il vécut ainsi à quelques pas de l'endroit où il avait coulé des jours si heureux, dans les bras de ses maîtresses, au milieu de ses amis, adulé par les courtisans, chanté par les poètes. Ce ne dut pas être la période la moins triste d'un martyre qui devait cependant durer près de vingt ans.

En conséquence de la confiscation des biens de Fouquet, la bibliothèque de Saint-Mandé fut saisie, et quatre libraires jurés furent chargés d'en faire la prisée. Cette opération eut lieu pendant les mois d'août et de septembre 1665. Cette riche collection fut estimée moins de 39,000 livres ; les manuscrits furent comptés pour 4,800 livres seulement, somme qui ne représente certainement pas le vingtième de leur valeur actuelle. La dispersion définitive commença en 1667. Pierre de Carcavi, bibliothécaire du roi, préleva une collection relative à l'histoire d'Italie et un certain nombre de volumes qui étaient évalués à 20,000 livres. (1) Charles-Maurice Le Tellier,

(1) Guiffrey, *Comptes des bâtiments du roi*, t. I, col. 129 et 154.

archevêque de Reims, acquit plusieurs manuscrits anciens. Les manuscrits modernes, dont le
catalogue fut imprimé en 1667, étaient mis en
vente chez quatre libraires de Paris et rachetés
pour la plupart par le Ragois de Bretonvilliers ;
en 1700, étaient dispersées les dernières épaves
de ce qui avait été la bibliothèque de Fouquet.

Une grande « quantité d'arbres, ifs et sapins
» de Saint-Mandé », et « plusieurs arbrissaux
» vers » furent transportés du parc de Fouquet
au jardin des Tuileries. Les frais du charroi, qui
eut lieu en 1667, s'élevèrent à la somme de 248
livres (1).

Enfin, en 1705, par une singulière destinée,
la voluptueuse résidence du surintendant deve-
nait un asile de prière, et les religieuses Hospitalières de Gentilly venaient s'y établir.

(1) *Id., ibid.*, col. 186-188.

VI. — LE PRIEURÉ ET LES AUTRES ÉTABLISSEMENTS RELIGIEUX DE SAINT-MANDÉ JUSQU'A LA RÉVOLUTION

IL a déjà été dit que le prieuré de Saint-Mandé fut uni à l'évêché de Paris, par bulles des papes Pie V et Grégoire XIII, du 1er septembre 1564 et du 1er septembre 1575. L'abbé Lebeuf prétend que ce fut sous M. de Péréfixe, vers 1665, quoiqu'il rapporte plus haut qu'il y a eu des collations faites par l'évêque de Paris à des moines et autres en 1580, le 27 novembre et le 1er décembre 1596 (1). Je ne saurais préciser ce qui suivit immédiatement la réunion du prieuré de Saint-Mandé à l'évêché de Paris, mais il est certain que cette réunion fut définitive longtemps avant l'époque fixée par l'abbé Lebeuf. En effet, le 30 octobre 1640, Jean-François de Gondi, archevêque de Paris et abbé commendataire de Saint-Magloire, s'en fit investir, en vertu des bulles de Pie IV et de Grégoire XIII, qui sont rappelées dans l'acte passé

(1) T. II, p. 381.

à cette occasion. Le prieuré était alors vacant
par le décès de Martin Frauger, le dernier
prieur. Le lendemain, Louis Couret, prêtre du
diocèse du Mans, aumônier de Jean-François
de Gondi, en prit possession au nom de l'archevêque. Celui-ci, à partir de cette époque,
ajouta à ses titres celui de prieur de Saint-
Mandé et seigneur en partie dudit Saint-Mandé.
Un de ses successeurs, Louis-Antoine, cardinal
de Noailles, prend le même titre, notamment
en 1696 et dans des actes du 14 février 1698,
du 10 juillet 1700, et, dès 1644, les biens et les
revenus du prieuré sont loués pour 560 livres
par le receveur général de l'archevêché de Paris
à Louis Guirard, prêtre du diocèse de Lisieux.
Mais les archevêques Hardouin de Péréfixe de
Beaumont (juillet 1662-1er janvier 1671) et
François de Harlay (janvier 1671-6 avril 1695)
n'ont pas, dans les documents relatifs au prieuré
qui me sont passés sous les yeux, la qualité de
prieurs de Saint-Mandé.

Par contre, il y eut bien des prétendants : un
surtout, Étienne Geslin, d'après des lettres du
roi, du 26 juillet 1656, se disait prieur de Saint-
Mandé depuis deux mois et usait à l'égard des
sous-fermiers du prieuré de violences telles qu'il
ne fallut pas moins que ces lettres pour lui
interdire de les molester davantage. Dans un

extrait des registres du Parlement du 2 août
1659, il est bien qualifié prieur de Saint-Mandé ;
de même, en juin 1662. Mais, en 1664, nous
trouvons simultanément trois prieurs ou soi-
disant tels : Étienne Geslin, Antoine Furetière
et Pierre Gaultier, clerc du diocèse de Paris et
prieur de Saint-Julien de Versailles. D'où des
contestations, des procès, au milieu desquels
il est impossible de distinguer de quel côté est
le droit, mais messire Étienne Geslin, qui
avait au moins pour lui la ténacité, n'entendait
pas du tout abdiquer, car, en septembre 1676,
comme vingt ans avant, il employa, pour affirmer ses prétentions, des moyens excessifs : il
essaya, avec des hommes armés et inconnus,
d'expulser le chapelain établi par l'archevêque
de Paris, d'enlever tous les ornements de
l'église et de se rendre maître du prieuré.

Un des prieurs ci-dessus nommés, Antoine
Furetière, est un personnage historique. Né à
Paris, le 18 décembre 1619, mort le 14 mai
1688, il fut nommé, en 1662, membre de l'Académie française, mais il en fut exclu, vingt-trois
ans après, pour avoir voulu faire paraître un
dictionnaire français avant la publication de
celui de l'Académie. L'œuvre capitale de Furetière est son *Dictionnaire*, qui parut en Hollande en 1694 et qui, augmenté, devint plus

tard le fameux *Dictionnaire de Trévoux*. Sont
aussi à mentionner le *Roman bourgeois*, 1666,
in-8° (réimprimé dans la Bibliothèque elzévi-
rienne de P. Jannet, 1855); ses *Poésies*, 1666,
in-8°; ses *Factums*, 2 vol. in-12, dans lesquels
il se vengea de ses anciens collègues de l'Académie de l'exclusion dont il avait été l'objet.
Ses satires lui attirèrent des haines épouvantables. Charpentier, l'un de ses ennemis les plus
acharnés, « l'accusa d'avoir prostitué sa sœur
» pour se faire nommer procureur fiscal, de
» s'être déshonoré dans ce poste en devenant
» protecteur des filous et des filles publiques,
» en escroquant le bénéfice d'un jeune abbé, et
» il lui prodiguait les noms de bélître, maraud,
» fripon, fourbe, buscon, infâme, fils de laquais,
» sacrilège, faux-monnayeur, etc. » Madame
de Sévigné disait en parlant de Furetière : « Il
» n'y a qu'à prier Dieu pour un tel homme et
» qu'à souhaiter de n'avoir pas de commerce
» avec lui. » Mais il était protégé par Bossuet
et Louis XIV; il était lié d'amitié avec Racine
et Boileau et faisait partie, avec ces deux derniers, de la société des gais buveurs qui se
réunissaient au *Mouton* du cimetière Saint-
Jean (1). En 1662, dans un acte du 12 juin, il
était considéré comme résignataire du prieuré

(1) Biographie Didot, v° Furetière.

de Saint-Mandé, mais il a encore la qualité de prieur dans un acte du 3o décembre 1664 (1).

Un des chapelains établis par les archevêques de Paris au prieuré de Saint-Mandé se nommait Nicolas Surat. Il était en fonction en octobre 1676.

En 1696, comme je l'ai dit plus haut (2), il s'était élevé une contestation entre le cardinal de Noailles, archevêque de Paris et prieur de Saint-Mandé, et le comte d'Aumale, seigneur de Saint-Mandé, au sujet des droits de censive, de justice et de dîmes, qu'ils prétendaient tous deux posséder dans la localité.

Jean le Camus, lieutenant civil, ayant acquis, le 29 mai 1700, du comte d'Aumale la seigneurie de Saint-Mandé et ayant été informé de cette contestation, fit proposer au cardinal de Noailles de rechercher les moyens d'arriver à un arrangement. Après examen de leurs droits réciproques, le cardinal de Noailles reconnut, le 10 juillet 1700, que Jean le Camus avait, en qualité de seigneur de Saint-Mandé, « la pro» priété, possession et jouissance de percevoir » les cens et droits seigneuriaux, ainsi que l'exer-

(1) S 1152.

(2) P. 58.

» cice de la justice au terroir de Saint-Mandé. »
Jean le Camus, de son côté, reconnut que le
cardinal de Noailles avait la propriété, possession
et jouissance des dîmes sur le territoire de Saint-
Mandé, que les terres et héritages dépendants
du prieuré étaient exempts de toute censive,
redevances et charges quelconques envers lui
seigneur et que le cardinal avait le droit de faire
exercer la justice « dans la maison prieurale de
» Saint-Mandé, dans l'étendue de ladite maison,
» jardin et place devant l'église. » (1)

Autant les archevêques se montraient jaloux
de leurs droits, autant ils se préoccupaient peu
de leurs devoirs seigneuriaux. Lorsqu'en 1676,
Nicolas Surat vint, avec la permission de
l'archevêque de Paris, loger dans le bâtiment
prieural, celui-ci était dans un état complet de
caducité et menaçait ruine. Messire Surat s'é-
tait engagé à fournir les 4,200 livres jugées
nécessaires aux réparations, lors d'une adjudi-
cation au rabais faite le 5 octobre 1678, mais il
mourut avant que les réparations eussent été
faites. Aussi, en l'année 1700, le cardinal de
Noailles, après constatation du mauvais état du
bâtiment prieural et de la chapelle, se décida-t-il
à faire abandon de l'emplacement à Thomas Du-

(1) S 1152.

rieux, prêtre de la maison et société de Sorbonne et principal du collège du Plessis. L'acte de session ne fut passé que le 7 juillet 1703; Thomas Durieux paierait au cardinal une rente annuelle de 16 livres, moyennant quoi il pourrait faire construire, au lieu et place de la maison prieurale, de la chapelle et sur le jardin attenant, tels bâtiments qu'il lui plairait. Outre cette permission, il était exhorté à continuer « à » faire faire des instructions et des catéchismes » dans ledit lieu de Saint-Mandé pour l'utilité » des fidelz, à faire dire des messes dans ladite » chapelle, à employer ses soins et ses aumônes » ou les aumônes qu'il pourra recueillir et tous » les moyens que sa charité pourra luy sug- » gérer, pour la faire rebâtir et l'entrete- » nir... » (1) Le prieuré devint dès lors maison de campagne des maîtres et des écoliers de Sainte-Barbe.

En 1704, la chapelle était dans un tel délabrement qu'il paraissait dangereux d'y célébrer la messe, et il fut reconnu nécessaire, pour éviter tout accident, de démolir ladite chapelle de fond en comble et d'en réédifier une autre, pour laquelle on avait établi un devis se montant à 7,000 livres. En 1727, les travaux avaient

(1) S 1152.

coûté 4,200 livres, et on estimait qu'il faudrait dépenser encore 3,800 livres.

Le 10 août de cette année, Thomas Durieux mourut, en laissant pour son légataire universel Jérôme Besoigne, prêtre, aussi docteur de Sorbonne.

D'une consultation rédigée à propos des droits seigneuriaux prétendus par l'archevêque de Paris en 1747 (1), il résulte qu'il y avait, depuis 1717, un prêtre qui demeurait dans le prieuré, desservait la chapelle, disait la messe, fournissait le luminaire, le vin, les ornements, etc., sans cependant avoir été commis par l'archevêque prieur. L'auteur du mémoire concluait que l'archevêque avait tout intérêt à laisser les choses en l'état ; ce qui eut sans doute lieu.

En 1790, l'abbé de Majainville, héritier de l'abbé Besoigne, était propriétaire du prieuré de Saint-Mandé ; les cinq arpents de terre et les dîmes en grains et en vin étaient affermés pour la somme de 450 livres, sur lesquelles le curé de Saint-Maurice percevait 233 livres, 6 sous, 8 deniers (2).

Indépendamment des possessions qui appar-

(1) *Ibid.*
(2) S 1066 A.

tenaient aux seigneurs laïques et au prieuré, il y avait à Saint-Mandé des terres dépendant d'établissements religieux ou hospitaliers de Paris. L'hôtel-Dieu de Saint-Gervais, autrement dit de Saint-Anastase, y eut des propriétés dès le XIVe siècle. Nous trouvons en effet un acte du 27 juin 1344, par lequel Robert de Vannes, bourgeois de Paris, et Pernelle, sa femme, épicière, demeurant à Paris, à la porte Saint-Denis, vendent aux maître, frères et sœurs de la maison-Dieu-Saint-Gervais, pour le prix de 10 livres parisis, 5 arpents de terre sis entre le moulin à vent qui est « oultre Sainct-Anthoine et Sainct-Mandé ».

Le 12 décembre 1468, Jean Boudin, laboureur, demeurant en la rue des Juifs, à Paris, prend à cens de Jacques de Marchers, maître et administrateur, et des sœurs de l'hôtel-Dieu de Saint-Gervais, une pièce de terre de 5 arpents, 3 quartiers et 20 perches, à 20 pieds la perche, pour 26 sous, 7 deniers de rente annuelle, à charge par ledit Boudin de planter en vigne 2 arpents et 3 quartiers et demi. Cette terre était au lieu de Montempoivre, dénomination que je n'ai pas encore vu apparaître. Les terres de l'hôpital Saint-Gervais sont acensées, au moins jusqu'au 8 juin 1618, date du dernier acte *ad hoc* qui figure dans le volumineux registre des titres de propriété de cet établissement (1).

L'hôpital possédait aussi des terres dans la vallée de Féquant, qui formait la dépression occupée actuellement par la rue Michel-Bizot.

La seule autre particularité intéressante que l'on rencontre dans les nombreux acensements compris entre les années 1344-1618, c'est le nom de « ruelle de la Grange », qui est dans un acte du 2 août 1597 ; elle est ainsi appelée sans doute parce qu'elle conduisait à la Grange aux Merciers (2).

Selon l'abbé Lebeuf, il y avait, en 1627, à Saint-Mandé, une maison « que l'on disoit être » de la paroisse de Saint-Paul, s'il faut en croire » l'exposé que fit, le 13 juin, à l'archevêque de » Paris, Achilles de Harlay, marquis de Brèves, » et Odette de Vaudetar, sa femme, pour obte- » nir la permission d'y célébrer » (3).

(1) Ce registre, conservé aux Archives nationales, est coté S 6133.

(2) Cf. Lebeuf, t. II, p. 369-370.

(3) T. II, p. 382. — Cette maison était sans doute sur les confins de Saint-Mandé et de la paroisse Saint-Paul, qui, d'après un procès-verbal de délimitation, du 18 janvier 1491, s'étendait jusqu'au lieu de l'Epinette et, « d'illec, le long des vignes de Montempoivre au terrouer dudit Saint-Mandé...» (Archives nationales, L 613).

Diverses communautés religieuses avaient, au XVIIe siècle, essayé, avec plus ou moins de succès, de s'établir à Saint-Mandé ; entr'autres, les Annonciades de Melun et les religieuses de la Saussaye, près Villejuif. Les premières avaient d'abord voulu s'installer à Corbeil ; elles ne le purent, faute de place. Elles achetèrent à Saint-Mandé un grand corps de logis où Jean-François de Gondi, archevêque de Paris, leur permit, le 23 octobre 1632, de se fixer ; elles y reçurent nombre de professes, mais comme il y eut des oppositions à des dons qui leur avaient été faits par le roi de terrains dépendants de la capitainerie du bois de Vincennes, elles demandèrent à l'archevêque et reçurent de lui, par lettres du 19 juillet 1641, la permission de se transporter à Popincourt, au faubourg Saint-Antoine (1).

C'est au mois de février 1676 que les religieuses de la Saussaye furent autorisées par l'archevêque François de Harlay à transférer leur monastère à Saint-Mandé, à condition qu'elles seraient soumises à la juridiction archiépiscopale. Elles obtinrent à cet effet des lettres patentes qui furent inscrites, le 4 sep-

(1) Lebeuf, t. II, p. 383, et Archives nationales K 173, no 56. — L'information eut lieu au mois de novembre 1632 (Archives nationales, Q 1089.)

tembre 1689, dans les registres de l'archevêché.
Voici un extrait de ces lettres : « Louis, etc., à
» tous présens et à venir, salut. Nos chères et
» bien amées les prieure et religieuses du mo-
» nastère de la Saulsaye, ordre de Saint-Be-
» noist, nous ont très humblement fait remons-
» trer que leur maison de la Saulsaye estant
» très incommode par sa scituation et son peu
» d'estendue, elles en auroient acquis une au
» lieu de Saint-Mandé plus commode et beau-
» coup plus avantageuse, tant par sa scituation
» et son estendue que par toutes les autres rai-
» sons qui peuvent establir le repos et la seu-
» reté des suppliantes, dans laquelle elles dési-
» reroient transférer ledit monastère de la Saul-
» saye, à condition de demeurer sous la supé-
» riorité, direction et conduite du s^r archeves-
» que de Paris et ses successeurs, renonçant
» pour cet effect à toute prétention d'exemption
» qui pourroit appartenir à leur ancien mo-
» nastère, et auroient pour cet effect obtenu la
» permission dudit sieur archevesque, ce qu'elles
» nous ont très humblement fait supplier vouloir
» agréer et authoriser et leur accorder nos
» lettres sur ce nécessaires. A ces causes, vou-
» lant favorablement traitter lesdites prieure et
» relligieuses dudit monastère de la Saulsaye
» et leur faciliter les moyens de vacquer avec
» plus de repos et de tranquillité au service

» divin et à tous leurs pieux et saints exer-
» cices, nous... approuvons et confirmons la
» translation dudit couvent et monastère des
» religieuses de la Saulsaye en la maison qu'elles
» ont acquises audit Saint-Mandé, en laquelle
» nous leur avons permis et permettons de
» s'établir et en icelle y bastir une église, clos-
» ture, dortoirs et autres édifices claustraux et
» nécessaires pour l'observance de leur règle,
» statuts et constitutions de leur ordre, à con-
» dition que ledit monastère sera sous l'entière
» obéissance, visite, correction, supériorité et
» juridiction dudit sieur archevesque de Paris
» et de ses successeurs,... » etc. (1).

Les religieuses de la Saussaye ne durent pas
faire un long séjour à Saint-Mandé, car, en 1700,
leur maison était occupée par la duchesse douai-
rière de Montbazon, et l'archevêque avait permis de faire célébrer les offices dans la chapelle (2).

Enfin, en 1705, les Hospitalières de Gentilly
obtinrent la permission de s'établir à Saint-
Mandé, à la charge de laisser à l'Hôtel-Dieu de
Paris leurs biens et leur maison de Gentilly,
qui tombait de vétusté. Les lettres patentes
données par le roi pour cet objet sont du mois

(1) Archives nationales, O¹ 20, fol. 93-94.
(2) Lebeuf, t. II, p. 383.

de septembre 1704 ; elles furent enregistrées au Parlement, le 19 décembre suivant. En voici des extraits qui font connaître dans quelles conditions fut accordée cette autorisation :... « elles (les supérieure et religieuses Hospita-
» lières de la Miséricorde de Jésus) auroient
» pris résolution d'acquérir une maison scize au
» village de Saint-Mandé, où estoient cy devant
» les prieure et religieuses de la Saussaye et
» s'estant addressées à nostre cousin le cardinal
» de Noailles, archevesque de Paris, pour
» avoir son consentement, il auroit fait
» informer de la commodité et incommodité
» des lieux, et ensuite il a, par son décret du
» 7e juillet 1704, accordé aux exposantes la per-
» mission de transférer leur monastère et hos-
» pital de Gentilly audit lieu de Saint-Mandé,
» pour y vivre selon les règles de leur institut
» et d'y remplir les devoirs de leur profession
» envers Dieu et les pauvres, à condition d'ob-
» tenir nos lettres patentes sur ce nécessaires,
» lesquelles elles nous ont très humblement fait
» supplier de leur octroyer ensemble l'amortis-
» sement de ladite maison, jardin et enclos où
» estoient cy devant lesdites religieuses du
» prieuré de la Saussaye et qu'elles jouiront à
» Saint-Mandé de tous les autres privilèges,
» franchises et exemptions portées par nosdites
» lettres du vingt-un décembre MVIᵉ quatre-

» vingt-un, à ces causes... avons ausdites supé-
» rieure et religieuses Hospitalières de la Misé-
» ricorde de Jésus de Gentilly permis, accordé
» et octroyé, permettons, accordons et octroyons
» par ces présentes, signées de nostre main, de
» s'establir en ladite maison de Saint-Mandé
» pour y vivre selon leurs règles et consti-
» tutions et y servir Dieu et les pauvres
» malades, ainsi qu'elles ont fait jusqu'à pré-
» sent audit village de Gentilly, en vertu de
» nosdites lettres patentes des mois de mars
» 1648..., à la charge que ladite communauté
» sera à l'avenir réduitte au nombre de trente
» religieuses de chœur et dix sœurs converses,
» à l'effet de quoy elles ne pourront en recevoir
» aucune à prendre l'habit jusques à ce qu'elles
» soient réduittes audit nombre de trente reli-
» gieuses du chœur et dix converses, sans que
» ledit nombre puisse jamais augmenter sous
» quelque prétexte que ce puisse estre, et nous
» avons ladite maison, jardin et enclos de Saint-
» Mandé cy devant occupez par lesdites reli-
» gieuses de la Saussaye amortis et amortissons
» à perpétuité, comme à Dieu desdiez, à son
» Eglise et au service des pauvres malades ;
» voulons qu'elles en jouissent franchement et
» quittement, ensemble celles qui leur succé-
» deront... et à condition toutefois d'indemniser
» les seigneurs particuliers desquels ladite mai-

» son, jardin et clos de Saint-Mandé sont
» tenus,... » etc. (1)

L'autorisation de s'établir à Saint-Mandé fut
accordée aux Hospitalières, le 21 janvier 1705,
par les administrateurs de l'Hôtel-Dieu. Elles
reprirent l'ancien couvent abandonné par les religieuses de la Saussaye, qui ne tarda pas à être
insuffisant ; puis, ainsi que je l'ai dit plus haut,
elles acquirent la résidence de Fouquet et s'y
fixèrent. Un peu avant la Révolution, en 1780,
elles firent au marquis de Bérulle, seigneur de
Saint-Mandé, la déclaration des biens qu'elles
possédaient en sa censive à Saint-Mandé et s'obli-
gèrent à lui payer annuellement 11 livres, 19 sous
de cens et surcens. Cette déclaration est curi-
euse, parce qu'elle donne un état du couvent,
qui représente peut-être celui de la résidence de
Fouquet. Il consistait « en plusieurs bâtimens
» ayant son entrée (*sic*) par une grande porte
» qui donne sur la Grande Rue dudit lieu (de
» Saint-Mandé) ; ensuite une cour au fond de
» laquelle est le principal corp (*sic*) de logis ; à
» gauche un pavillon qui a son entré (*sic*) par
» une grande porte ; ensuitte une cour dans la-
» quelle il y a un puit, au bout de laquelle est
» un bâtiment double qui contient toute la lar-
» geur de laditte cour et autres bâtimens à

(1) Archives nationales, O¹ 48, fol. 148 v° - 151.

» droite, un grand corp de bâtiment qui donne
» sur une ruelle qui a son issue sur la Grande
» Rue dudit Saint-Mandé et qui va au chemin
» qui conduit à Charenton. » Les biens fonds
de la communauté se composaient d'un grand
jardin, clos de mur, de 36 arpents, attenant aux
bâtiments, d'un demi-arpent et d'un demi-quar-
tier, sis à Saint-Mandé, au lieu dit « les Méri-
« ziers.» (1) D'après un état dressé, le 26 février
1790, en vertu du décret relatif aux biens des
communautés supprimées, les revenus des Hospitalières de Saint-Mandé étaient alors de 16,509
livres, 16 sous.

L'inventaire détaillé du mobilier n'offre guère
de particularités dignes d'être mentionnées ; les
meubles, la lingerie, les ornements de la chapelle étaient ce qu'ils sont dans la plupart des
établissements hospitaliers. L'argenterie de la
sacristie, pesant 20 marcs, 2 onces, 6 deniers,
avait été envoyée à la Monnaie à Paris, le 17
novembre 1789. La vaisselle d'argent se composait de 53 couverts, 8 gobelets et 2 écuelles,
sans couvercle, le tout d'argent blanc, poinçon
de Paris.

La bibliothèque renfermait 435 volumes, re-

(1) Terrier de Saint-Mandé, aux archives communales
de Vincennes.

liés, comme sermons, Bibles, Écriture sainte, histoire ecclésiastique ; 150 volumes détachés, d'ouvrages mystiques, traitant des devoirs de la vie religieuse, mais elle ne possédait aucune édition rare et précieuse, ni aucun manuscrit.

Les religieuses étaient au nombre de 30, dont 24 religieuses de chœur et 6 converses. Il y avait, pour le service de la communauté et de l'hôpital, deux ecclésiastiques, qui étaient à demeure fixe ; 9 domestiques hommes et 11 filles à gages. L'hôpital avait 27 lits pour femmes âgées et infirmes.

Les cellules des 30 religieuses avaient pour mobilier : un bois de lit, garni d'une paillasse, un matelas, un traversin, deux oreillers de coutil, remplis de plumes ; deux couvertures de laine, un tour de lit d'hiver en bure et un d'été en grenat blanc, un bas d'armoire, un prie-Dieu, une table, une petite bibliothèque, 3 chaises, un christ en relief, 6 estampes à bordures et un rideau.

Outre la chapelle commune, il y en avait une spéciale pour la salle des malades (1).

(1) Archives nationales, Q 1088.

Les noms des dernières Hospitalières nous ont été conservés dans un document signé de la plupart d'entre elles : la déclaration qu'elles firent, le 2 avril 1791, aux officiers municipaux de Saint-Mandé chargés de s'enquérir si elles voulaient ou non continuer la vie commune. Trois d'entre elles se retirèrent ; les vingt-sept autres déclarèrent vouloir rester (1).

Le 28 avril 1791, les officiers municipaux de Saint-Mandé dénoncèrent aux administrateurs du district de Bourg-la-Reine les deux chapelains des Hospitalières, qui n'avaient pas voulu prêter le serment civique. Ils ajoutaient que plusieurs prêtres réfractaires venaient dire la messe chez les Hospitalières et y administrer les sacrements, et qu'il arrivait journellement dans cette communauté des religieuses des différents ordres qui y étaient reçues sans faire aucune déclaration.

Le maire, Gendon, refusa de signer cette dénonciation ; bien plus, le lendemain, il écrivit pour protester contre la démarche des officiers municipaux, en certifiant que les faits incriminés étaient faux et en disant qu'il ne savait « pas

(1) *Ibid.*, T 14937, et fol. 21 du *Registre* cité plus loin. p. 111.

» mettre les caprices et les fantaisies à la place
» de la loy ». (1)

Le 25 août 1792, les religieuses prêtèrent, par
devant le corps municipal de Saint-Mandé,
» serment d'être fidèles à la Nation, à la Loi et
» de maintenir de tout leur pouvoir la liberté,
» et de mourir à leur poste » (2). Sous prétexte
que l'administration de l'hospice laissait à désirer, la direction en fut confiée bientôt après au
citoyen Noël Longuet.

Je ne saurais préciser à quelle époque les
Hospitalières quittèrent Saint-Mandé ; rien n'y
rappelle plus leur souvenir.

(1) *Ibid.*
(2) *Registre*, fol. 94.

VII. — SAINT-MANDÉ DEPUIS LA RÉVOLUTION

Au moment de la Révolution, le village de Saint-Mandé n'avait pas 200 habitants; néanmoins, il fut érigé en commune et fit partie du district de Bourg-la-Reine, qui devint Bourg-Égalité. Il conserva sa dénomination ; je ne l'ai vu que deux fois appelé « Mandé » tout court, — sur la couverture des registres de mariages et de naissances de l'an III.

Le 30 juin 1790, à 5 heures du soir, eurent lieu, au son de là cloche, les élections de la première municipalité. Edme-Gabriel Gendon fut nommé maire ; Claude Morot procureur de la commune, et François-Bernard Minot capitaine commandant de la garde nationale. L'abbé Grinne, prêtre attaché à l'hôpital, devint, mais pour peu de temps, secrétaire-greffier de la municipalité (1).

(1) Les renseignements relatifs à la période révolutionnaire jusqu'à l'an II inclusivement, m'ont été fournis par des documents des Archives nationales et par le premier registre de la municipalité, qui a été heureusement retrouvé et réintégré par mes soins aux archives communales.

Le samedi 3 juillet et le 14, le corps municipal et les gardes nationaux se transportèrent
« tambour battant et sous les armes » à la chapelle des Hospitalières. Une messe solennelle y
fut célébrée, et tous prêtèrent ensuite le serment
civique. La bénédiction du drapeau de la garde
nationale se fit en grande pompe, le 11 juillet.

Dès les premiers jours, la nouvelle commune
fut menacée dans son existence par celle de
Charenton-Saint-Maurice, qui prétendait que
Saint-Mandé, dépendant de la paroisse, devait
aussi dépendre de la commune. Mais les Saint-
Mandéens se réclamèrent énergiquement des
droits que leur conférait le décret de l'Assemblée nationale du 12 novembre 1789 et répon-
dirent avec beaucoup de dignité à leurs entre-
prenants voisins qu'ils correspondaient « acti-
» vement et passivement avec l'Assemblée
» nationale, ainsi qu'avec la municipalité de
» Paris..., que la municipalité de Saint-Mandé
» reçoit tous les jours des ordres et des invita-
» tions de l'Assemblée nationale, ainsi que de la
» municipalité de Paris, pour les mettre à
» exécution ou pour les proclamer, etc., etc.,
» etc. » Ils terminaient en leur disant, par une
sorte d'euphémisme, qu'ils troublaient l'ordre
public. Le 10 août, la municipalité dénonçait à
l'Assemblée nationale les menées de Charen-

ton-Saint-Maurice et revendiquait son autono-
mie communale dans des termes presque
épiques : « ... Saint-Mandé au contraire
» est placé sur une grande route aboutissant à
» Paris, devenue depuis quelques années une
» des plus fréquentées par les diligences et voi-
» tures publiques qui y passent a toute heure
» du jour et de la nuit. On y a établit (*sic*) un
» bureau des messageries qui sert d'entrepôt
» pour tout le royaume et l'étranger. Ce bureau
» trouve sa sûreté et des secours au besoin dans
» la municipalité et la garde nationale du lieu... »
Il était dit aussi, pieuse exagération, que Saint-
Mandé avait 500 habitants. Une autre raison,
bien fondée, celle-là, était que Saint-Mandé était
exposé « au pillage des brigands et aux insultes
» des mauvais sujets de la capitale que l'oisiveté
» y conduit ou qui y viennent pour dévaster le
» bois »; par conséquent, il y était besoin d'une
police locale, et d'ailleurs, le tribunal de la justice, — qui fut supprimé le 24 janvier suivant, — était établi à Saint-Mandé. Mais les
protestations de la municipalité ne mirent pas
un terme aux prétentions de Charenton, car une
délégation de quatre membres alla, le 25 ou le
26 janvier, exposer ses doléances au directoire
du district; depuis, Saint-Mandé ne fut plus
troublé de ce côté.

Le 21 février 1791, le territoire de la commune fut divisé en sept sections : du chemin de Lagny, du Bel-Air, de Picpus, de Montempoivre, des Coucous, des Bergeries et des maisons et enclos de Saint-Mandé.

La proclamation de l'acte constitutionnel du 14 septembre 1791 se fit solennellement, le 25 suivant. Toute la garde nationale du village, composée de 65 citoyens, depuis 14 ans jusqu'à 74 ans, était présente sous les armes. Voici *in extenso* le procès-verbal officiel de cette cérémonie ; analysé ou commenté, il perdrait de sa saveur :

« L'an mil sept cent quatre-vingt onze, le 25
» septembre, conformément à l'arrêté du départe-
» ment, la municipalité assemblée et le conseil
» général de la commune, accompagné de la
» garde nationale sous les armes, nous nous
» sommes rendu *(sic)* avec M. Caffin, aumônier
» de ladite garde nationale, à la chapelle dite
» du prieuré, à la porte de laquelle nous avons
» trouvé le sieur Devaux, concierge de M.
» l'abbé Majainville, qui nous ayant demandé
» ce que nous voulions, nous lui avons répondu
» que nous désirions d'entrer dans la chapelle
» pour y faire célébrer la messe et chanter le
» *Te Deum* ; il nous a aussitôt ouvert la porte
» et nous avons trouvé de ce qui étoit néces-

» saire pour dire la messe, et là ledit sieur
» Caffin a prêté serment d'être fidèle à la
» Nation, à la Loi et au Roi et de maintenir
» de tout son pouvoir la constitution civile du
» clergé ; ensuite il a célébré la messe, à l'issue
» de laquelle on a publié l'acte constitutionnel
» sur la place devant ladite chapelle ; après quoi
» on est rentré dans ladite chapelle pour chanter
» le *Te Deum*, et le soir, il y aura illumination
» chez tous les citoyens, comme il est ordonné ;
» il y a eu plusieurs décharges, c'est-à-dire une
» après la messe, une après la publication de
» l'acte constitutionnelle *(sic)*, accompagnée de
» cris de : « Vive la Nation, vive le Roi », et
» la troisième après le *Te Deum* chanté ; ensuite
» chacun s'est livré à la joye, comme la céré-
» monie du jour invitoit.

» Fait en la salle de la commune, les jour et
» an que dessus.

» Signé » (1), etc.

Le 13 novembre 1791, J.-B. Lamy fut élu
maire ; il fut remplacé, le 17 mars 1793, par
Jean-Pierre Moreau, qui eut pour successeur
Morizet, en l'an IV. Après eux, nous trouvons,
comme agent municipal, Cavenel, de l'an IV à

(1) Archives nationales, T 1493, et *Registre*, fol. 38 vᵒ.

l'an VIII, et, comme maire, M. Montzaigle, dès prairial an VIII jusqu'à 1816.

Les évènements de la période révolutionnaire et du premier quart de siècle ne sont pas connus ; cela tient à ce qu'il ne reste plus qu'un petit nombre de feuilles éparses contenant les délibérations ou les actes du conseil municipal. Un registre de délibérations fut volé ou détruit par les alliés dans la nuit du 30 au 31 mars 1814. Cette particularité nous est révélée par la demande que le maire faisait, le 25 décembre suivant, d'un crédit de 40 francs pour remplacer ledit registre, le tambour municipal, avec ses accessoires, le cachet de la mairie, avec sa boîte et le tampon, qui avaient été également enlevés. Malgré cette demande, nous n'avons pas de registre des délibérations antérieur à 1825 ; il manque aussi celui de 1827 à 1830.

D'après les renseignements consignés dans le premier registre ou conservés aux Archives nationales, il ne semble pas que Saint-Mandé ait été trop troublé pendant la Révolution. La municipalité se conforma très exactement aux prescriptions relatives aux communautés religieuses et aux émigrés, mais il n'y eut pas de violences commises. Tout au plus trouva-t-elle à reprocher aux Hospitalières de se confiner trop dans les limites de leur règle religieuse et de

négliger un peu leurs devoirs professionnels.
Ses démêlés avec l'abbé de Majainville avaient
pour but, — apparent du moins, — d'assurer
l'exercice du culte. Les perquisitions en vue de
rechercher les suspects furent toujours faites
avec tact. La modération montrée par la municipalité de Saint-Mandé dans des circonstances
souvent difficiles, fit même dire, le 12 septembre
1793, dans une des réunions hebdomadaires
du comité de salut public du département de
Paris, que la commune de Saint-Mandé était
« aristocratique. » Le maire, Moreau, s'éleva
avec force contre cette accusation, « en protes-
» tant que, sur sa tête, il répondait non seule-
» ment du civisme de tous les membres de la
» municipalité, mais encore de celui de tous
» les habitants de la commune » (1).

D'un autre côté, la garde nationale, institution qui a toujours été chère aux Saint-Mandéens et l'objet de la sollicitude de toutes les
municipalités et sous les divers régimes, contribuait, par des patrouilles fréquentes, à répri-
mer les tentatives de brigandage, la maraude
et les dévastations dans le bois de Vincennes et
dans les propriétés particulières. Enfin, la
commune fournit aux armées de la République
un contingent fort respectable de volontaires.

(1) *Registre*, fol. 153.

Quelle était, au commencement du XIXᵉ siècle, au point de vue budgétaire et au point de vue de la population, l'importance de Saint-Mandé ? En 1813, le budget communal atteignait le chiffre de 337 fr. 39 c. pour les recettes, et de 312 fr. 81 c. pour les dépenses ; en 1822, il s'élevait à 3,128 fr. 78 c. pour les dépenses. Cette différence ne correspond pas à un accroissement proportionnel de la population, car en 1816, la commune comprenait 88 maisons, dont 77 occupées ; le recensement de la population, fait la même année, donnait un total de 338 habitants, parmi lesquels 30 pensionnaires; en 1820, il y avait 455 habitants pour 83 maisons occupées.

Le retour des Bourbons semble avoir été très bien accueilli par les Saint-Mandéens ; du moins, la municipalité fit preuve du royalisme le plus ardent. Elle témoigna surtout ses sentiments à l'occasion de la naissance du duc de Bordeaux, plus tard comte de Chambord. Une des délibérations auxquelles cet évènement donna lieu, est débordante d'enthousiasme et de lyrisme. Le 9 février 1821, le conseil municipal décida de consacrer à la souscription pour l'acquisition du château de Chambord le vingtième des produits communaux pendant les années 1821 et 1822. Le 23 avril suivant, il déclare à l'una-

nimité que, « jaloux d'exprimer fidèlement les
» sentiments, la reconnaissance et les vœux de
» tous les habitants de la commune dans une
» circonstance extraordinaire à jamais mémo-
» rable et qui doit constamment rappeler à tous
» les Français l'un des bienfaits les plus signa-
» lés de la divine Providence sur ce royaume,
» il croit ne pouvoir mieux faire qu'en commen-
» çant par appeler les familles les plus mal-
» aisées ou indigentes à participer aux réjouis-
» sances publiques... » Il décide en outre de
faire des distributions de pain et de viande aux
nécessiteux; il vote des illuminations, et comme
jusqu'alors il n'y a point eu de drapeau communal, il affecte un crédit de 60 francs à l'achat
d'un drapeau blanc, « que l'on doit voir flotter
» à l'entrée de la mairie »... « Considérant qu'il
» y a lieu de consacrer à perpétuité le souvenir
» du 29 septembre 1820, jour à jamais mémo-
» rable de la naissance de S. A. R. le duc de
» Bordeaux, et considérant que l'instruction pri-
» maire, morale et chrétienne est un des plus
» grands avantages que l'on puisse procurer
» aux enfants », il statue d'affecter annuellement une somme de 50 francs pour la fondation dans chacune des écoles de garçons et de
filles d'un prix et d'un accessit pour récom-
penser les deux enfants de chaque école, « qui,
» pendant toute l'année, auront été les plus

» assidus, les plus sages et se seront fait remar-
» quer par des traits de vertu. » Le prix consistait en un beau livre et un jeton d'argent ; celui-
ci pouvait être remplacé par un morceau d'étoffe
qui servirait à faire des vêtements aux enfants
les moins fortunés qui se seraient distingués à
l'école.

L'école de Saint-Mandé, vers 1820, venait à
peine de cesser d'être un mythe ; elle avait eu
des débuts bien humbles, tellement humbles
qu'on croirait la chose à peine possible pour
une localité située aux portes de Paris. Les
enfants aisés eurent la ressource de fréquenter
les institutions plus ou moins florissantes du
village, mais, jusqu'en 1807, les autres, et c'était
le plus grand nombre, n'eurent guère que les
leçons que voulut bien leur donner le curé, M.
Piot. Le presbytère servit en effet en même
temps d'école pendant quelques années et, lorsque mourut M. Piot, il voulut que l'œuvre de
l'éducation des enfants de Saint-Mandé, à laquelle il s'était voué avec un zèle que ses paroissiens surent apprécier, lui survécût. A force
de privations, il avait réalisé quelques économies
qui, augmentées de dons faits par MM. Leconte
père et fils, constituèrent une rente de 500 francs
et furent consacrées à l'établissement d'une école,
dont le maître servirait également à la sacristie
et au lutrin.

M. Leconte, conformément aux intentions de
M. Piot, versa, tous les ans, jusqu'en 1818, 500 fr.
à la fabrique. Cette année-là, M. Allard, maire,
— qui, dès 1816, avait remplacé M. Montzaigle,
— d'accord avec M. l'abbé Berbiguier, alors
curé de Saint-Mandé, confia à l'institut des
Frères de Saint-Antoine le soin de pourvoir à
toutes les fonctions exigées par le legs de M.
Piot. En 1825, les Frères n'eurent plus de sujet capable de chanter au lutrin; alors M. Leconte donna, chaque année, 200 fr. à la fabrique
pour payer le chantre, et 300 francs au bureau
de bienfaisance, qui devint chargé de l'école
jusqu'en 1838. Le crédit, voté par le conseil
municipal pour les écoles, était, en 1825, de
1,150 fr.; en 1830, sous l'administration de M.
Chevreau, qui avait remplacé, en 1828, M.
Allard comme maire, sur un budget de recettes
de 7,901 fr. 60 c. et de dépenses de 4,384 fr. 60,
le crédit affecté à l'instruction était de 1,600 fr.
pour une population scolaire de 59 garçons et
de 70 filles, de 6 à 13 ans. L'instituteur et
l'institutrice avaient alors un traitement fixe de
400 fr. chacun; celle-ci une indemnité de loyer
de 300 fr., celui-là de 400, mais ils étaient tenus
de recevoir gratuitement les enfants pauvres de
la commune jusqu'à concurrence de 25 élèves
pour chaque classe. Il y avait actuellement à Saint-
Mandé une population de 1,700 habitants.

Le 12 février 1831, le maire et les conseillers municipaux de Saint-Mandé, réunis à la mairie, jurèrent « fidélité au roi des Français, obéis-
» sance à la charte constitutionnelle et aux lois
» du royaume. » Avec la monarchie de Juillet revint la garde nationale, dont l'existence s'affirmait surtout par l'inscription au budget communal de crédits annuels d'environ 1,000 fr. Par contre, le budget de l'instruction fut réduit à 1,250 fr.; l'école des filles dut même être fermée temporairement, parce que le traitement de l'institutrice fut abaissé à 200 fr. et son indemnité de loyer supprimée. Le 1er février 1832, le conseil municipal votait la réouverture de l'école des filles et un traitement de 300 fr. à l'institutrice, traitement qui était ramené à 200 l'année suivante. Pendant ce temps-là, les deux tambours de la garde nationale Saint-Mandéenne avaient chacun un traitement annuel de 180, puis de 240 fr.! On ne peut pourtant pas trop accuser la municipalité d'alors d'indifférence systématique pour les questions relatives à l'enseignement primaire, car elle avait statué que l'instituteur, le frère Saint-Joseph, serait remplacé, à partir de juillet 1831, par un maître d'école « qui devra suivre le système de l'ensei-
» gnement mutuel. » De plus, le 4 mai 1831, il décidait la construction d'une mairie, qui servirait d'école, et votait une somme de 15,500 fr.

prévue par les devis. Cette mairie ne coûta que 13,000 francs.

Si j'ai insisté, plus peut-être qu'il aurait convenu, sur le chapitre des premières écoles de Saint-Mandé, c'est pour montrer de quelles maigres ressources on disposait alors pour l'enseignement primaire, même dans une commune déjà importante des environs de Paris.

Pendant cette période décennale, la municipalité se préoccupe de l'assainissement de la localité, en supprimant ou en interdisant des établissements insalubres, comme fonderies de suif, clos d'équarrissage, dépôts de boues et d'engrais. A raison de l'augmentation des nouvelles constructions, elle fixe des voies et sentiers à 10 mètres de largeur; elle commence à améliorer la viabilité de la Grande-Rue et du cours de Vincennes, fait des plantations d'arbres, vote l'acquisition d'une pompe à incendie, l'établissement de reverbères, la création d'un commissariat de police, demande l'installation d'un bureau de poste, etc. Le budget atteignait, en 1840, la somme de 17,716 fr. 16 c. en recettes, et de 16,930 francs en dépenses.

La délibération du conseil municipal, du 10 novembre 1840, relative à la nouvelle enceinte des fortifications de Paris, est intéressante à

plus d'un titre. Elle nous fait connaître l'importance de Saint-Mandé à cette époque. Le
territoire de la commune comprenait une étendue d'environ 307 hectares de terrain cultivés
en marais en partie ou couverts de près de 300
maisons de maîtres et d'une centaine de maisons ou bâtiments d'exploitation. L'octroi rapportait 10,000 fr. et l'État retirait un revenu
annuel de 80,000 fr. en impôts directs seulement.

L'industrie consistait dans la production des
fruits et des légumes et surtout dans la location
des maisons de campagne. Les terrains pour
constructions se vendaient à raison de 10,000 fr.
l'hectare; il y avait alors plus de 60 maisons
d'une valeur de 50 à 60,000 fr. et quelques propriétés étaient estimées de 100 à 200,000 fr. Le
recensement de 1841 avait révélé l'existence de
434 maisons, de 705 ménages et de 2,474 habitants. La prospérité commençait pour Saint-
Mandé.

L'idée seule que le territoire de la commune
pourrait être démembré au profit de Paris ré-
voltait les conseillers municipaux et si, par patriotisme, ils refoulaient jusqu'au fond de leur
cœur leurs sentiments d'indignation contre les
projets d'amoindrissement de la localité, ils
exigeaient que la commune fût indemnisée

aussi bien que les particuliers. Plus tard, le 3 novembre 1841 et le 1ᵉʳ février 1842, le conseil émettait, en désespoir de cause, le vœu que le mur d'enceinte fût reculé jusqu'au bois de Vincennes; de la sorte, Saint-Mandé demeurerait intact, et il concluait que « quel que soit le » patriotisme des habitants de Saint-Mandé, » ils doivent désirer que l'on renonce au mur » d'enceinte, s'il doit couper la commune en deux. »

La raison du plus fort est toujours la meilleure.

L'État offrit une indemnité de 4,157 fr. pour les portions de chemins coupés, et le conseil les acceptait, par délibération du 8 août 1844. Déjà les travaux étaient commencés.

Il est à peine besoin de dire que l'exécution de ces travaux attira à Saint-Mandé et dans les environs une population qui n'était pas précisément la crême de l'humanité. Les rixes qui surgissaient entre les travailleurs, les attentats contre la propriété et les personnes faisaient alors de Saint-Mandé un séjour peu agréable. La municipalité réclama la création d'une brigade de gendarmerie, puis elle se préoccupa d'un assainissement d'un genre tout particulier. La débauche tolérée et la débauche clandestine faisaient à Saint-Mandé, notamment sur le cours de Vincennes, tant de ravages que la ruine de la localité n'était plus qu'une question de temps. Les Parisiens n'osaient presque plus s'y aventurer ; le commerce, sauf de tristes exceptions, était dans le marasme et la propriété y était entièrement dépréciée. De 1844 à 1848, le conseil municipal lutta avec la plus grande énergie ; il put mener à bonne fin l'œuvre d'épuration à laquelle il s'était dévoué. Ce ne fut pas son moindre titre à la reconnaissance de ses administrés.

Le 26 février 1848, le conseil municipal se réunit en séance extraordinaire. Le maire propose d'adresser une « chaleureuse adhésion » aux membres du gouvernement provisoire » et de les féliciter de l'impulsion énergique » qu'ils ont donnée au sublime mouvement po- » pulaire. Cette proposition est votée par accla- » mation et à l'unanimité, et le conseil décide » que cette manifestation de la commune de » Saint-Mandé sera transmise instantanément » à la diligence du maire et par exprès aux » membres du gouvernement provisoire. »

Quelques jours après, M. Chevreau fut remplacé à la mairie par son adjoint, M. Mongenot. Il avait rempli les fonctions de maire pendant vingt ans, avec un dévouement que la municipalité reconnut, lors de sa mort, en 1855, en lui accordant une concession perpétuelle au cimetière de Saint-Mandé. L'exposé des motifs rappelait que, en 1830, il avait, par sa fermeté, empêché le pillage et l'incendie; en 1832, lors du choléra, il avait organisé un service médical; en 1836, le jour de l'enterrement d'Armand Carrel, il avait su, sans troupes, maintenir le bon ordre, etc. Il avait été décoré pour ses services et devint plus tard député de l'Ardèche.

M. Mongenot avait, le 10 mai 1842, été, de la part de ses collègues du conseil municipal, l'objet d'une manifestation sympathique, la plus flatteuse assurément qu'il eût pu rêver : « Considérant, porte la délibération de ce jour, que » M. l'adjoint (Mongenot) a rendu de grands » services à la commune et que sa maison étant » située dans cette rue, c'est le cas de lui témoi- » gner sa gratitude en donnant son nom à la » rue ; le conseil est d'avis, à l'unanimité, que » la rue des Charbonniers doit porter désormais » le nom de la rue Mongenot. » M. Mongenot mourut, le 19 avril 1859, à l'âge de 86 ans. Il était chevalier de la Légion d'honneur. Dans la séance du conseil qui suivit, le président proposa, par respect pour sa mémoire et en signe de deuil, de laisser son fauteuil vacant jusqu'à la nomination d'un nouveau maire.

S'il ne signala pas son administration par de grands travaux, il les prépara, grâce à un budget

qui, dès 1850, atteignait le chiffre de 30,170 fr.
Il fit encaisser et canaliser, dans son parcours à
travers Saint-Mandé, le rû de Montreuil qui cau-
sait souvent des inondations désastreuses et, le
reste du temps, compromettait très gravement
la santé publique par ses exhalaisons malsaines;
il fit voter un crédit de 166,000 fr. pour la construction de la mairie actuelle et de l'ancien
groupe scolaire; établir un marché à Saint-
Mandé, le samedi de chaque semaine; il sollicita,
en compensation des pertes subies par Saint-
Mandé, comme conséquence de son démembre-
ment, l'annexion de la partie de Charonne *extra
muros* qui devait être réunie à Montreuil et de
la partie de la plaine de Charenton qui longe
le bois de Vincennes, etc., etc. La population
qui, en 1846, n'était que de 3,188 habitants,
formant 897 ménages, de 4,000 en 1850, s'était
élevée, pendant une période de dix ans, au
chiffre de 5,292 habitants.

M. Poirier fut, par décret du 30 juin 1859,
nommé maire de Saint-Mandé, en remplacement
de M. Mongenot. Il fut installé et prêta serment
le 4 août 1859.

Le premier évènement un peu important qui
signala son administration, fut, après l'inaugu-
ration de la ligne de Vincennes (22 septembre
1859), qui devait si fort contribuer à la prospé-

rité de Saint-Mandé, l'annexion à Paris du territoire de la localité enclavé dans la nouvelle
enceinte des fortifications. Elle perdit de ce fait
143 hectares. La population de ce qui resta de
Saint-Mandé fut naturellement diminuée dans
de fortes proportions ; elle descendit à 2,822 habitants. Le budget lui-même fut réduit et abaissé à 26,000 fr. 42 c.

Saint-Mandé n'eut pas à regretter longtemps
le sacrifice qui lui avait été imposé pour des raisons d'intérêt supérieur. L'État ayant cédé à la
ville de Paris le bois de Vincennes, l'agrandissement et l'embellissement du bois furent décidés,
et la municipalité de Saint-Mandé, consultée,
approuva avec enthousiasme cette mesure qui
donnerait une plus value considérable à la propriété. On comprit enfin que Saint-Mandé, dé-
barrassé par l'annexion de la plus grande partie
de sa population de travailleurs, devait devenir
une ville bourgeoise.

Aussi est-ce de cette époque que datent la
plupart des rues de Saint-Mandé actuel. Sur
l'emplacement des champs, des parcs et des jardins furent ouvertes des voies nouvelles : la rue
du Lac, qui fut reçue par le conseil municipal,
le 4 novembre 1862 ; les rues Eugénie, Cart,
avenue Poirier, autorisées le 9 mai 1860 ; la rue
Viteau, la rue du Parc, en 1861 ; l'avenue

Quihou et la rue Plisson, reçues le 24 août 1864 ;
la rue Traversière et les avenues Herbillon et
Sainte-Marie, reçues le 8 août 1875, et, comme
l'a très bien dit M. le Dr Foucher (1), « sous l'in-
» fluence des travaux entrepris de tous côtés...
» la ville prend un aspect nouveau et sa prospé-
» rité s'établit sur des bases solides. La popula-
» tion augmente dans une proportion énorme,
» les terrains retranchés du bois vendus par la
» ville de Paris se couvrent de magnifiques ha-
» bitations ; de vastes propriétés sont divisées,
» et, de tous côtés, s'élèvent d'élégantes con-
.» structions. » D'autre part, la nouvelle mairie
et le groupe scolaire sont inaugurés en 1865 ;
cette année-là, l'éclairage par le gaz sur la place
de la Mairie et dans les principales rues est
adopté : le conseil municipal vote la création d'un
bureau télégraphique et d'une bibliothèque
communale. La population, en 1866, est de
4,242 habitants, et comme il est reconnu depuis
longtemps que l'église est de beaucoup insuffisante, le conseil municipal émet l'avis qu'il y
a lieu d'en bâtir une nouvelle. Tout pro-
gresse à l'avenant, surtout le budget ; celui de
1870 s'élèvera à la somme de 126,978 fr. 98 c.,
soit une augmentation de 100,000 fr. en dix
ans !

(1) *L. l.*, p. 22.

M. Poirier fut remplacé par M. Quihou, nommé maire par décret du 31 août 1870. Le 1er septembre, le nouveau conseil fut installé ; selon l'usage, il fallut « jurer obéissance à la Consti-« tution et fidélité à l'Empereur. » Plusieurs conseillers refusèrent de prêter serment et se retirèrent. Trois jours plus tard, l'Empire s'effondrait. On ne connaît malheureusement que trop la suite.

Comme les évènements se précipitaient, le conseil municipal dut aviser aux mesures les plus urgentes à prendre. Dès le 10 septembre, un crédit de 6,000 fr. fut voté pour les indigents. 155 Saint-Mandéens, appartenant à la classe peu aisée, furent logés à Paris par les soins de l'administration, qui leur attribuait en outre un secours journalier de 0 fr. 50 c. par tête.

Les maraudeurs profitèrent de la rentrée à Paris d'un grand nombre d'habitants et de la garde nationale de la ville pour dévaster les jardins et les champs et piller les propriétés abandonnées. En l'absence de toute police, on créa une garde communale destinée à assurer la sécurité des biens et des personnes. Cette garde volontaire était composée de propriétaires qui, en cas d'empêchement, devaient fournir un remplaçant et payer une cotisation mensuelle de

6 francs. Les cadres comptaient un officier, un sergent-major et quatre caporaux.

Il y eut aussi, mais plus tard, des dégâts considérables commis dans les maisons de Saint-Mandé par des militaires de toutes armes, ce qui motiva des plaintes de la municipalité auprès de l'administration militaire. Le général Ferri-Pisani dut intervenir et demander au prévôt du corps de rechercher les coupables et de prévenir le retour de pareils actes. C'est d'ailleurs à ce moment que le bois de Vincennes était, on peut le dire, mis en coupe réglée. Un rapport, sous forme de lettre, adressé au maire de « Saint-Mandé, annonçait que 5 à 6,000 (!) » personnes, armées de scies et de haches, cou- » pent ce qui reste du bois de Vincennes. »

La population de Saint-Mandé eut à subir sa part de privations dès l'investissement de Paris. Comme il n'avait pas été fait d'approvisionnement, le moment arriva bien vite où on allait manquer de pain et de viande. Après de nombreuses démarches, l'autorité militaire mit à la disposition de la commune de Saint-Mandé un bœuf par jour. Un fournéau économique fut organisé pour les pauvres; puis, la viande de boucherie ayant été rationnée et la difficulté de se procurer des vivres devenant de plus en plus grande, on transforma le fourneau économique

MONUMENT DES MILITAIRES TUÉS OU MORTS EN 1870

en bureau de secours et on alloua à chaque indigent assisté o fr. 25 par jour et par tête et un bon de 5oo gr. de pain. Le conseil vota un nouveau crédit de 6,ooo fr. pour parer aux besoins les plus pressants.

La commune de Saint-Mandé avait offert au gouvernement de la Défense nationale 5,ooo fr. pour la fabrication d'un canon se chargeant par la culasse.

Pendant le siège de Paris, l'hôpital militaire de Vincennes, situé, comme on le sait, sur le territoire de Saint-Mandé, fut encombré de malades. Il y en eut jusqu'à 700. Le nombre moyen des décès était de 6 par jour. Le conseil municipal demanda alors que les inhumations des militaires eussent lieu dans le bois de Vincennes, mais on continua à les enterrer au cimetière de Saint-Mandé. Un monument y a été élevé à la mémoire de ceux qui sont morts, en 1870-71, pour la défense de la Patrie.

La dernière semaine de mai 1871, Saint-Mandé fut occupé par des détachements de l'armée allemande. La commune dut leur fournir de la paille, du bois et de la chandelle. Un officier, assisté de deux conseillers municipaux, se tenait en permanence à la mairie pour tous les rapports entre la population et les autorités allemandes.

L'explosion de la poudrière du polygone de Vincennes, le 14 juillet 1871, causa de nombreux dégâts à Saint-Mandé. Ce fut le dernier incident sinistre de l'année terrible.

Le chiffre de la population de la ville était, en 1871, de 6,000 habitants; en 1876, il n'y en avait plus que 5,597.

Les principales questions qui ont été à l'ordre du jour au conseil municipal, depuis cette époque, ont été le déplacement du cimetière, la construction de la nouvelle église et de groupes scolaires en rapport avec l'importance de la population. Elles ont été résolues très heureusement, non sans qu'il en résultât une augmentation d'impôts. Ces questions sont des plus brûlantes; elles ont trop passionné et surtout trop divisé le pays pour que je m'y attarde. Qu'il me soit donc permis de terminer un peu brusquement ce chapitre de notre histoire contemporaine.

Le 21 janvier 1878, M. Gueugnier était nommé maire en remplacement de M. Quihou, qui avait renoncé à briguer de nouveau les suffrages de ses concitoyens. Après son installation, M. Gueugnier, se faisant l'interprète de ses collègues du conseil municipal, adressait à son honorable prédécesseur un petit discours qu'il

terminait par ces mots : « Travail et loyauté,
» telle était votre devise, tel est l'exemple que
» vous léguez à vos successeurs. Au nom du
» conseil municipal, je proclame que vous avez
» mérité la reconnaissance de vos concitoyens. »

Le lendemain, M. Gueugnier déposait l'é-
charpe municipale ; il fut remplacé, le 9 février
suivant, par M. Valery Meunier qui, lui aussi,
mérita l'estime des Saint-Mandéens. Sous-préfet
en 1848, M. Meunier s'est éteint doucement à
Paris, le 11 novembre 1891, dans un âge très
avancé.

Il eut pour successeur, en 1884, le regretté
Dr Prunier, qui n'eut même pas la satisfaction
d'inaugurer le nouveau groupe scolaire, pour
lequel il avait tant lutté. Cet honneur fut ré-
servé, le 26 avril 1885, à M. Rouget de
Lisle qui avait, dès avant la fin de 1884, remplacé M. Prunier, démissionnaire. M. Rouget
de Lisle, à son tour, ne tarda pas à avoir pour
successeur M. Rischmann, qui a été maire de
Saint-Mandé depuis 1885 jusqu'au 25 mai 1895.
M. Rouget de Lisle mourut le 22 décembre 1887.

Aux élections municipales de 1888, M. le
Dr Prunier fut élu le premier, mais la terrible
maladie qui le consumait l'emportait à peine
trois semaines après. Le religieux empresse-
ment de la population de Saint-Mandé à lui

rendre les derniers devoirs, le 2 juin, témoigna assez quelle estime, quelle sympathie il avait, sans rechercher la popularité, mais par sa bienveillance, son dévouement et la pratique d'une charité discrète, su se concilier de la part de ses administrés d'un jour, dont beaucoup étaient depuis longtemps ses obligés.

Le 28 décembre 1888, le conseil municipal décida que la bibliothèque communale, jusque là confondue avec celle des « Amis de l'instruction », serait transférée aux anciennes écoles. Elle existait en principe depuis 1878 et figurait au budget pour un crédit annuel de 300 fr.; depuis 1886, elle contribuait pour une somme de 200 fr. au loyer de la bibliothèque des Amis de l'instruction. Mais comme son existence était ignorée en haut lieu, elle ne participait ni aux concessions de livres faites par le Ministère de l'instruction publique, ni aux subventions du conseil général de la Seine. Aussi ne possédait-elle, à la fin de l'année 1888, que 362 volumes lui appartenant en propre. Le 3 avril 1889, un crédit de 1,075 fr. 20 fut voté pour son transfert et pour l'aménagement du local qu'elle occupe actuellement. Grâce aux libéralités du Ministère, aux subventions du conseil général et du conseil municipal et à des dons importants, elle possède maintenant 8,505 volumes, parmi lesquels sont d'excellents ouvrages. Malheureusement, et ce n'est pas particulier à Saint-Mandé, ceux-ci ne sont pas les plus consultés.

Le lundi, 10 juin 1889, à 2 heures, le regretté président Carnot est reçu officiellement à Saint-Mandé. D'une magnifique estrade élevée à cette occasion, il assiste au défilé des 12,000 gymnastes français, belges, suédois, suisses et tchèques se rendant au concours international qui eut lieu les 9, 10 et 11 juin au polygone de Vincennes.

Le centenaire de la fondation de la commune est fêté solennellement le 13 juillet 1890.

Le dimanche, 26 juillet 1891, à 9 heures 1/4 du soir, au moment où la fête communale battait son plein, avait lieu une des plus épouvantables catastrophes que les annales des chemins de fer aient eu à enregistrer. Un train arrivant de Vincennes en tamponnait un autre qui stationnait en gare de Saint-Mandé et dont le retard était occasionné par un motif des plus futiles, une discussion entre voyageurs exigeants et un employé. Il y eut quarante quatre morts et plus de cent blessés. Des familles entières ou presque entières y perdirent la vie. Les journaux du temps ont raconté par le détail tous les incidents de cette soirée sanglante.

Une partie de la population, aidée par les pompiers de Paris, des communes voisines et par des détachements de la garnison de Vincennes, se dévoua au sauvetage des malheureux ensevelis, écrasés, broyés, déchiquetés et carbonisés sous les débris des wagons qui avaient pris feu. Dans cette sinistre circonstance, tous firent leur devoir. Le conseil municipal vota une concession perpétuelle au cimetière Sud pour les victimes qui ne seraient pas réclamées par les familles. Dix-neuf d'entre elles reposent sous un monument érigé par la Compagnie de l'Est; quatre autres furent inhumées au cimetière Nord. Leurs obsèques furent solennellement célébrées le mercredi 29, à 3 heures. Elles furent des plus imposantes.

26 juin 1895. Élection comme maire de M. Gourdault, précédemment adjoint. Sous son administration, marquée par de nombreux actes d'une bienfaisance toujours discrète, Saint-Mandé prend, comme sous celle de M. Rischmann, un développement notable. Après les rues Renault, reçue en 1889, Granville, Transversale et Pierret, ouvertes en 1891, de nouvelles voies, comme les rues Fays, Jolly, Lacoste, Baudin, etc., sont percées, et de nombreuses constructions s'élèvent sur tous les points du territoire.

MONUMENT COMMÉMORATIF DE LA CATASTROPHE

4 février 1899. Réception de Félix Faure, président de la République.

9 juin 1899. Adoption d'un projet de construction d'une nouvelle école de filles, dont la dépense est fixée à 267,877 fr. 58 cent., construction commencée un an plus tard.

19 mai 1900. Élection de M. Digeon comme maire en remplacement de M. Gourdault.

26 mai. Vote par le conseil municipal d'un emprunt de 775,000 fr. pour exécution de travaux communaux.

Le 24 novembre 1899, la Préfecture de la Seine ayant demandé aux maires du département de constituer des armoiries pour leurs localités respectives, un concours est ouvert dans ce but à Saint-Mandé en octobre 1900. Ce concours est restreint; seuls, les membres du Groupe artistique du canton de Vincennes sont admis à y prendre part.

Il fallait des héraldistes, on choisit des artistes.

Aussi le résultat, je regrette d'avoir à le constater, a-t-il été ce qu'il devait être, lamentable, contraire à toutes les règles les plus élémentaires du blason.

En 1886, Saint-Mandé comptait une population municipale de 9,865 habitants, une population générale de 10,492 habitants. Elle est actuellement de 15,726, dont 13,371 de population municipale.

Le budget pour 1889 atteignait la somme de 245,000 fr. Celui de 1900 est de 342,343 fr. 78 c. Le crédit affecté à l'instruction publique était de 53,321 fr. Il est de 62,000 fr. Il y a loin de ce chiffre aux sommes misérables trop longtemps attribuées à nos premiers instituteurs. C'est seulement depuis 1870 que leur situation est devenue sortable.

C'est un pieux devoir de signaler à la reconnaissance publique les noms des fonctionnaires aussi modestes que zélés qui, avec les membres de l'enseignement libre que je voudrais pouvoir aussi nommer, se sont voués à la tâche ingrate de l'éducation de l'enfance à Saint-Mandé :

MM. Hureau, jusqu'en 1844 ;

     Sannier, du 1er octobre 1844 au 1er octobre 1846 ;

     Aumont, du 1er octobre 1846 au 31 décembre 1852 ;

     Darbon, depuis 1867 jusqu'en 1880 ;

     Draye, 1853...? ;

     Ménard, depuis 1880.

MM^{mes} Tourneur, jusqu'en 1854 ;

Sœur Marie-Catherine-Léonie Gain, jusqu'en 1870 ;

Aubrion, depuis 1870 jusqu'en 1880 ;

Guichard, qui, antérieurement, avait rempli les fonctions de directrice de l'asile avec un tel dévouement qu'elle était désignée d'avance par l'opinion publique pour le poste de directrice de l'école des filles.

Saint-Mandé possède plusieurs institutions ou écoles libres : celles de MM^{mes} Quihou, Couard, Lefavrais, de Backer, Gillier, des sœurs de Saint-Vincent-de-Paul et de la Sainte-Famille pour les jeunes filles ; celle de M. Vié et l'école chrétienne pour les garçons.

VII. — SAINT-MANDÉ PAROISSE

Jusqu'au commencement de ce siècle, Saint-Mandé ressortit de la paroisse de Saint-Maurice-Charenton. Si les habitants pouvaient, pour plus de commodité, assister aux offices dans la chapelle du prieuré, comme ils auraient pu le faire chez les Hospitalières, ils étaient tenus de faire acte de paroissiens à l'église de Saint-Maurice.

Devenus indépendants au point de vue municipal, les Saint-Mandéens auraient voulu aussi s'émanciper au point de vue paroissial. Ils pensaient que la chapelle du prieuré leur servirait naturellement d'église. Mais ils avaient compté sans l'abbé de Majainville qui, le 1er mai 1791, fit annoncer, à la chapelle même, que désormais on cesserait d'y célébrer les offices, et que, comme propriétaire, il était libre de les y laisser faire ou non (1).

Le 21 juillet, la municipalité protesta, sous prétexte que, depuis un temps immémorial, les

(1) *Registre*, fol. 33 et suiv.

habitants de Saint-Mandé avaient l'habitude d'y entendre la messe, et le maire donna à l'abbé de Majainville l'ordre formel de rouvrir la chapelle. Celui-ci demanda à la municipalité de fournir le chapelain ; plus tard, le 1ᵉʳ octobre, il ajoutait : « Toutes les fois que la municipalité » voudra se servir de ma chapelle, comme elle » a déjà fait, je n'y apporterai aucun obstacle et » j'obéirai à ses ordres comme y étant forcé. Ma » propriété est laïque et je la défendrai d'autant » plus que les décrets défendent d'y donner » atteinte. »

Le 7 octobre, le directoire somma l'abbé de Majainville d'ouvrir la chapelle et d'y laisser célébrer la messe les dimanches et fêtes. La municipalité désigna l'abbé Caffin, aumônier de la garde nationale de Saint-Mandé, pour faire l'office le lendemain, mais quand il se présenta, le concierge Devaux refusa obstinément d'ouvrir la chapelle; d'où procès-verbal (1). D'un autre côté, le chapelain des Hospitalières refusait d'administrer les sacrements. Alors, les habitants de Saint-Mandé adhérèrent à un projet de réunion à la paroisse de Vincennes, à la condition qu'ils auraient une succursale. Mais leur vœu ne se réalisa pas, et, après des démarches

(1) *Ibid.*, fol. 42 et 43.

de toutes sortes, le corps municipal délégua à l'archevêché les citoyens Poydatz et Renard pour demander que le citoyen Pierre Renoird fût autorisé à administrer les sacrements et à célébrer l'office divin (14 février 1793) (1).

Le registre municipal qui me fournit tous ces détails contient quatre procès-verbaux qui prouvent que le pèlerinage aux reliques de Saint-Mandé continuait, mais clandestinement. Le concierge de l'abbé de Majainville, Devaux, introduisait par une porte dérobée les personnes qui venaient demander aux reliques du saint la guérison de leurs enfants noués, ou, comme il est dit dans les procès-verbaux, « en chartre ». Devaux faisait payer 24 ou 25 sous pour une neuvaine et une messe, et il faisait toucher à la châsse le linge des petits malades (2).

La chapelle devint ensuite la propriété de l'abbé Corbin. En 1795, l'administration du domaine décida que le prieuré et ses dépendances n'étaient pas propriété nationale. Le 9 fructidor an VI (1798), l'abbé Corbin, prenant le titre d'homme de lettres, vendit, par acte passé devant Me Boursier, notaire à Paris, au citoyen Leconte, négociant à Saint-Mandé, dont

(1) *Ibid.*, fol. 124.
(2) *Ibid.*, fol. 88.

il a déjà été parlé plus haut, moyennant la somme de 10,000 francs, la propriété de l'ancien prieuré.

La paroisse de Saint-Mandé fut érigée en 1802 ; elle eut des débuts peu brillants. La chapelle fut alors classée comme église paroissiale et succursale de Vincennes. D'après des extraits des registres de la fabrique que M. Ledoux, président du conseil, a bien voulu me communiquer et qui m'ont servi pour la rédaction de la plus grande partie de ce chapitre, elle devait être, ou peu s'en faut, réduite à ses quatre murs et absolument dépourvue de mobilier ou d'ornements quelconques. Elle n'était d'ailleurs pas encore propriété communale ou paroissiale.

Le 6 janvier 1805, les citoyens Savard et Prix furent, sur l'invitation du sous-préfet de Sceaux, chargés de faire une collecte parmi les habitants pour subvenir aux besoins du culte pour l'an XII et notamment au traitement du desservant, M. Piot. La première souscription, qui fut close le 13 janvier suivant, s'élevait à la somme de 542 fr. 10 c. Une nouvelle quête permit de payer 300 fr. à M. Piot ; le reste fut versé dans la caisse de la fabrique. Mais le conseil, craignant de ne plus pouvoir donner au desservant le supplément de 300 francs, décida qu'une lettre serait écrite aux chefs d'institution de la commune pour les inviter à contribuer au paiement de cette somme, moyennant une rétribution mensuelle de 25 c. par élève. L'appel fut médiocrement goûté, et c'est pour faire face à une situation plus que précaire que le conseil statua, en 1806, de faire payer les chaises.

Le 6 avril 1807, mourut, à l'âge de 55 ans, M. l'abbé Piot, curé, qui, ainsi que je l'ai dit, peut aussi être considéré comme le premier instituteur de Saint-Mandé. Il sut inspirer autant de sympathie que de vénération, et son épitaphe, qui a été transférée, en même temps que ses restes, dans la crypte de la nouvelle église, est un témoignage des regrets et de la reconnaissance des habitants de Saint-Mandé pour sa mémoire.

M. Piot fut remplacé par M. Chadabec. Celui-ci mourut le 16 mars 1810, et eut pour successeur, le 25 mars suivant, M. Garnier. Appelé à Paris, en mars 1811, M. Garnier fut remplacé par M. Berbiguier.

Pendant les invasions de 1814 et de 1815, Saint-Mandé, occupé par les alliés, fut presque abandonné par les habitants. L'église, qui avait été fermée pendant l'occupation, fut rouverte seulement en 1816.

ANCIENNE ÉGLISE

M. Berbiguier s'étant retiré dans son pays natal, M. l'abbé Chossotte, curé de Bourg-la-Reine, fut nommé à Saint-Mandé ; il fut installé le 21 juin 1831.

La chapelle devint propriété paroissiale en 1828. Elle fut acquise, après délibération du conseil municipal du 15 mai 1826 et en vertu d'une ordonnance royale du 28 juin 1828, pour la somme de 15,204 fr., dont 10,204 pour le prix du bâtiment et de ses dépendances, et 5,000 pour les ornements et le mobilier. Comme elle était de beaucoup insuffisante, l'agrandissement en fut décidé, mais les travaux ne furent guère exécutés activement qu'en 1837. Les fonds faisaient défaut pour certaines dépenses non prévues dans les devis : une souscription de 2,000 fr., recueillie au mois d'octobre, vint parer aux premiers besoins. La fabrique aurait voulu contracter un emprunt, mais le conseil municipal crut qu'il serait préférable que la fabrique contractât dette envers les entrepreneurs pour une somme de 4,000 fr., chiffre présumé du reste de la dépense. Cet avis fut adopté. Les frais totaux s'élevèrent à 14,000 fr. Le conseil municipal avait, le 22 octobre 1833, voté un crédit de 10,300 fr. pour les travaux.

En 1860, commença à se faire jour un projet ou plutôt un vœu qui se manifesta au point de vue paroissial, ainsi qu'il se manifestait au point de vue municipal pour Charonne et la plaine de Charenton. L'annexion du territoire appelé « le petit Vincennes » fut souhaitée comme compensation de la perte subie à la suite de l'annexion de Saint-Mandé *intra muros*. Mais cette perte n'empêchait pas M. l'abbé Chossotte de songer à la construction d'une église plus vaste et, quand il mourut en 1865, une quête spéciale avait déjà été faite dans cette intention. Son successeur, M. Morel, trouva donc les voies bien préparées, car, en 1874, les habitants avaient pétitionné pour obtenir une nouvelle église et, lorsque, en 1879, il quitta la cure de Saint-Mandé pour devenir chanoine titulaire de Paris, les dons s'élevaient déjà à une somme respectable.

M. l'abbé Bouet, ancien curé de Saint-Maurice, fut installé à Saint-Mandé, le 2 juin 1879 ; il mourut le 13 juin 1881. Il fut remplacé, le 11 juillet suivant, par M. Gallin, ancien curé de Fontenay-sous-Bois, qui occupa la cure jusqu'au moment de sa mort, le 13 août 1892. Son successeur actuel est M. Lamy, qui était auparavant à Maisons-Alfort.

Le 1er juillet 1883, M. Sacrot, ancien conseiller municipal, qui avait donné au bureau de bienfaisance de Saint-Mandé une somme de 100,000 fr., légua 40,000 fr. pour la construction de la nou-

NOUVELLE ÉGLISE

velle église. C'est en souvenir de ces legs que le
nom de ce généreux citoyen a été donné à l'ancienne rue de l'Église, et que, le 8 juillet 1898,
le conseil municipal a voté l'érection à la mairie d'une plaque commémorative en son honneur.

Le 8 juillet 1883, eut lieu la pose de la première pierre de l'édifice actuel de style roman
dont la construction fut dirigée par M. Albrizio.
Il fut livré au culte le 21 mai 1885, à l'occasion
de la première communion, et ouvert définiti-
vement le 24 décembre suivant.

Avant de terminer ce chapitre, je donnerai le
texte de l'inscription de la cloche de l'ancienne
église, tel qu'il m'a été communiqué :

« Jésus, Marie, Joseph, Jouacham, Anne, Si-
» méon, Anne la prophétesse, Gaspart, Mel-
» chior, Baltazar, tous les saints et saintes, les
» 9 cœurs des anges, je suis nommée par m^re
» Étienne Daurat, cons^er du Roy en sa cour du
» Parl^t de Paris et par la bienfaictrice de cette
» maison, dame Catherine Henriette Bellier,
» première femme de chambre de la feu reine
» Anne d'Autriche, mère de Louis XIV, estant
» veufve de m^re Pierre de Beauvais, con^er d'Estat
» ord^re, seig^r de Gentilly, pour les religieuses

» hospitalières de la Miséricorde de Jésus audit
» Gentilly près Paris, en l'année 1683.

» Vive Jésus; vive Marie. »

Cette cloche provient donc probablement de l'ancienne chapelle des Hospitalières qui, on le sait, avaient quitté Gentilly pour venir s'établir à Saint-Mandé, dans la propriété de Fouquet qu'elles avaient acquise.

IX. — VARIA

Un ancien tapissier de Napoléon Ier, Michel Boulard, ayant légué une somme de 1 million 200,000 fr., destinée à la fondation d'une maison de retraite pour 12 vieillards septuagénaires, l'administration de l'Assistance publique décida de la faire construire à Saint-Mandé, sur l'avenue du Bel-Air. Mais le conseil municipal protesta énergiquement, dans sa séance du 27 septembre 1825 ; il redoutait, d'une part, une dépréciation des terrains avoisinant l'avenue du Bel-Air, et, d'autre part, il craignait que cet hospice ne devînt plus tard un hôpital. L'hospice fut néanmoins édifié et prit le nom de Saint-Michel. Les bâtiments, avec la chapelle, coûtèrent 900,000 fr. Mais l'administration en ayant été reconnue onéreuse, l'Assistance publique profita d'une heureuse circonstance qui lui permit d'améliorer la situation. Mme veuve Lenoir-Jousserand laissa à l'Assistance publique une somme de 3 millions à employer à la fondation, pour cent vieillards des deux sexes, d'un hospice qui porterait son nom. Des terrains de l'hospice Saint-Michel furent acquis et le nouvel asile fut élevé à côté de celui-ci.

L'installation et l'aménagement en sont simples, mais répondent de tous points aux exigences de la science moderne. L'hospice Saint-Michel contient aujourd'hui 20 lits ; l'hospice Lenoir-Jousserand a 66 lits pour hommes et 66 pour femmes ; une infirmerie de 10 lits, dont 5 pour hommes et 5 pour femmes (1). Ils ont actuellement pour médecin M. le docteur Diverneresse. Le conseil municipal de Saint-Mandé a, à plusieurs reprises, mais sans succès, émis le vœu que quatre lits fussent mis gratuitement ou avec une forte réduction de prix à la disposition de la ville de Saint-Mandé.

Indépendamment de ces deux hospices, il y a, à Saint-Mandé, deux maisons de santé : la *Villa de convalescence* et l'asile d'aliénés, dirigés par M. le docteur Marfaing.

––––––––

Vidocq, le fameux Vidocq, a été citoyen de Saint-Mandé ; il figure même au nombre des propriétaires de la localité dans le recensement de la population fait en 1831. A quelle époque vint-il s'y établir ? Je ne saurais le préciser, mais ce fut probablement après sa mise à la retraite et son remplacement, en 1825, par son

(1) Dr Foucher, *l. l.*, p. 52.

digne successeur, Coco-Lacour. Vidocq alors
était rangé et l'ancien chef de la brigade de
sûreté voulait faire une fin honnête. Les quelques ressources qu'il avait amassées dans l'exercice de ses fonctions, il les employa à fonder
dans sa propriété, qui occupait l'emplacement
actuel de la maison Trébucien, cours de Vincennes, et 46, rue de Lagny, une fabrique de
papiers gaufrés et de carton ; plus tard, il essaya
aussi, le voleur et le forçat converti, de faire un
papier infalsifiable. Ses ouvriers étaient des
libérés qu'il voulait ramener au bien. Cette
dernière spéculation ne fut pas heureuse, paraît-
il ; il retourna à ses premières amours et créa,
en 1836, à Paris, une agence ou bureau de
renseignements qui ne tarda pas à être fermé
par ordre de la police. Vidocq s'en alla mourir
en Belgique en 1857 ; sa femme, Fleuride-
Albertine Magniez, née à Arras, mourut, le 23
septembre 1847, à l'âge de 53 ans, à Saint-
Mandé, où elle est inhumée.

Le 23 juillet 1836, au bois de Vincennes, eut
lieu à la suite d'une polémique de presse, un duel
au pistolet entre Émile de Girardin et Armand
Carrel. Tous deux furent blessés : Girardin à
la cuisse, Carrel à l'aine. Après avoir reçu les

premiers soins des médecins qui l'accompa-
gnaient, Carrel fut transporté avenue du Bel-
Air, à Saint-Mandé, chez le capitaine Paira, son
ancien camarade à l'École militaire. Il fut, à
plusieurs reprises dans la journée, visité par
les docteurs Cloquet, Marx, Littré et Dumont,
qui reconnurent bien vite que sa situation était
grave. En effet, il mourut, le 24 juillet à
4 heures et demie du matin, en prononçant les
mots de : France, République, amis, liberté.
L'autopsie fut faite le lendemain ; immédiatement après, le corps fut enseveli et mis dans le
cercueil par les soins de ses amis.

Les obsèques devaient être faites à Saint-
Mandé, le 25, à 4 heures. Dès 3 heures, une
foule, évaluée par certains journaux à 10,000
personnes, par d'autres à 30,000, couvrait
l'avenue du Bel-Air, au point que la circulation
y devint impossible. Il n'y avait ni police ni
troupes ; le maire de Saint-Mandé avait répondu
de l'ordre. La tranquillité la plus parfaite ne
cessa de régner et rien ne vint troubler le silence
respectueux gardé par la foule aux environs de
la maison mortuaire.

Le cortège se mit en marche à cinq heures.
Le cercueil fut porté à bras jusqu'au cimetière
par les compositeurs du *National*, qui voulu-
rent ainsi donner un suprême témoignage d'affec-

tion et de regrets à leur rédacteur en chef. Le
père et un frère d'Armand Carrel suivaient
avec Châteaubriand et Béranger ; de nombreux
députés de l'opposition : Arago, Laffitte, Cor-
menin, Garnier-Pagès, Mathieu, Bousquet, etc. ;
quantité de journalistes de Paris assistaient à
la cérémonie. Comme le cimetière de Saint-
Mandé ne pouvait contenir toute la foule présente aux obsèques, le cercueil fut déposé à l'entrée ; là, Arnold Scheffer, Martin Maillefer et Thi-
baudeau prononcèrent des discours. Châteaubriand et Arago devaient prendre la parole : la
douleur les en empêcha. Un instant après, était
confiée à la terre Saint-Mandéenne la dépouille
de celui qui mérita d'être appelé « le plus
» brave et le plus loyal des hommes qui aient
» honoré la presse » (1).

(1) Voici, à titre de document, le texte de l'acte de décès
qui est conservé dans un des registres de l'état civil de
Saint-Mandé : « L'an mil huit cent trente-six, le vingt-
» quatre juillet, heure de midi, par devant nous, Jean-
» Henri Chevreau, maire et officier de l'état civil de la com-
» mune de Saint-Mandé, département de la Seine, ont
» comparu à la mairie M. Gallois, Auguste, âgé de qua-
» rante-deux ans, demeurant à Paris, rue Notre-Dame-
» des-Victoires, no 40, ami du défunt, et M. Peira, Louis,
» âgé de trente-trois ans, ex-capitaine, demeurant à Saint-
» Mandé, avenue du Bel-Air, no 4, ami du défunt, le pre-
» mier témoin colonel, lesquels nous ont déclaré que M.
» Carrel, Jean-Baptiste-Nicolas-Armand, homme de
» lettres, âgé de trente-six ans deux mois, né à Rouen,

Le *Siècle* du 26 juillet, après avoir parlé de
l'ordre qui avait régné à Saint-Mandé aux obsèques d'Armand Carrel, ajoutait : « M. Che-
» vreau, maire de Saint-Mandé, dont le zèle a
» été admirable depuis le moment où il a pu
» concourir aux soins à donner à M. Carrel, a
» encore bien mérité de la patrie en devinant ce
» que vaut le peuple et en le faisant comprendre
» au pouvoir. C'était lui qui avait demandé que
» la police et la force armée ne vinssent pas
» envahir sa commune et qui avait déclaré
» qu'il répondait de la tranquillité publique.
» Honneur aux magistrats populaires qui ont
» un sentiment aussi élevé de leurs devoirs et
» de leurs droits ! »

» département de la Seine-Inférieure, demeurant à Paris,
» rue Grange-Batelière, no 7, et momentanément à Saint-
» Mandé, avenue du Bel-Air, n° 4, est décédé aujourd'hui
» à Saint-Mandé, susdite avenue, à quatre heures et demie
» du matin, ainsi qu'il résulte résulte (*sic*) par le certificat
» de l'officier de santé qui a constaté le décès, fils de
» Nicolas-Armand Carrel et de Marie-Madeleine Dubuis-
» son. En foi de quoi nous avons [dressé] le présent acte
» que MM. Gallois et Peira ont signé avec nous après
» lecture faite.

(Signé) : » Au. GALLOIS.   Louis PEIRA,

» Le maire de Saint-Mandé,

» CHEVREAU. »

TOMBE D'ARMAND CARREL

Dès le 27 juillet, une souscription était ouverte simultanément dans plusieurs villes de France pour l'érection d'un monument à Armand Carrel ; la première liste, publiée par le *National* du 29, s'élevait à 3,035 fr. « Le capitaine Napo- » léon-Louis Bonaparte » y figure ; il avait souscrit pour 100 francs (1).

Une statue en bronze d'Armand Carrel, due au ciseau de David, s'élève depuis longtemps sur la tombe du grand écrivain, tombe qui ne devait pas tarder à être presque délaissée. On lit en effet dans les *Mémoires d'outre-tombe* de Châteaubriand : « J'ajouterai qu'ayant visité en » 1837 la sépulture de M. Carrel, je l'ai trouvée » fort négligée, mais je vis une croix de bois » noir qu'avait plantée auprès du mort sa sœur » Nathalie. Je payai à Vaudran, le fossoyeur, » dix-huit francs qui restaient dus pour les » treillages ; je lui recommandai d'avoir soin » de la fosse, d'y semer du gazon et d'y entre- » tenir des fleurs. A chaque changement de » saison, je me rends à Saint-Mandé pour

(1) Pour de plus amples détails, consulter le *National*, à partir du 24 juillet et jours suivants ; l'introduction des *Œuvres politiques et littéraires* d'Armand Carrel, par Littré et Paulin ; la *Notice sur Carrel*, par Littré, dans le *National* du 29 octobre 1836.

» m'acquitter de ma redevance et m'assurer que
» mes intentions ont été fidèlement remplies(1). »

On a même conservé des quittances données
à Châteaubriand à la suite de paiements faits
pour la sépulture d'Armand Carrel. Voici le
texte de deux :

« J'ai reçu de M. de Châteaubriand la somme
» de dix-huit francs qui restait due pour le treil-
» lage qui entoure la tombe de M. Carrel.

» Saint-Mandé, ce 21 juin 1838.

» Pour acquit : VAUDRAN. »

« Reçu de M. de Châteaubriand vingt francs
» pour l'entretien du tombeau de M. Carrel à
» Saint-Mandé.

» Paris, ce 28 septembre 1839.

» Pour acquit : VAUDRAN » (2).

La ville de Saint-Mandé a tenu à honorer la
mémoire de celui que la mort avait fait sien.
Dans sa séance du 25 août 1878, le conseil
municipal décida que la voie qui part de la
Grande-Rue pour aboutir à la rue de l'Alouette,
porterait le nom de « rue Armand-Carrel. »

(1) T. VI, p. 390 et 391.

(2) *Dictionnaire de la conversation*, nouv. édit., t. II,
p. 530.

L'inscription commémorative suivante, sur marbre blanc, placée sur le mur du n° 5 de l'avenue du Bel-Air, actuellement avenue Victor-Hugo, rappelle que c'est dans cette maison qu'Armand Carrel a rendu le dernier soupir :

LE PUBLICISTE
ARMAND CARREL
NÉ A ROUEN LE 8 MAI 1800
EST MORT DANS CETTE MAISON
LE 24 JUILLET 1836
ÉRIGÉE PAR LA VILLE DE SAINT-MANDÉ 1886

En 1855, à la rentrée des troupes de Crimée, il y avait un nombre considérable de malades que les deux hôpitaux du Val-de-Grâce et du Gros-Caillou ne pouvaient contenir, l'hôpital militaire du Roule venant d'être exproprié. L'empereur Napoléon III ordonna au maréchal Vaillant, ministre de la guerre, de choisir dans le bois de Vincennes, pour y bâtir un hôpital, un terrain compris entre le fort et le mur d'enceinte de Paris. La partie du bois choisie par le maréchal est, du côté de Vincennes, à la limite extrême du territoire de Saint-Mandé ; les constructions furent faites d'après les plans dressés par le commandant du génie Calot. Le

31 mai 1858, le nouvel hôpital était livré au service.

Il existe, dans le jardin de l'hôpital, une petite chapelle édifiée par les soins de l'impératrice Eugénie, en souvenir de la naissance du prince impérial et à la suite d'un vœu qu'elle avait fait. La statue de la Vierge, qui est dans cette chapelle, était alors honorée à Saint-Mandé, à Vincennes et dans les environs, sous le vocable de Notre-Dame de Lorette ; elle devint, depuis, de la part de l'impératrice, l'objet d'un culte tout spécial et elle y fut placée sur son ordre exprès. Cela attira même au maréchal Vaillant une aventure assez piquante. Le maréchal, ignorant la prédilection de la souveraine pour cette Vierge, ne pouvait se faire à l'idée que cette méchante statue, longtemps perdue dans les plâtras d'un mur tout lézardé, cette vieillerie pût déparer la coquette chapelle. Aussi fit-il acheter une belle statue en marbre blanc, qui, paraît-il, avait été primée au Salon et la fit mettre en place. Or, il arriva que l'impératrice voulut savoir comment ses ordres avaient été exécutés. La sœur supérieure de l'hôpital, Mme Gain, dut bien l'informer que sa Vierge de prédilection était restée reléguée au milieu des ruines et qu'elle avait été remplacée par une toute neuve. Là-dessus, colère de la souveraine

MAISON POMPÉIENNE DU ROI DE NAPLES

et grand'émoi à la cour. Le lendemain, le pauvre maréchal arrivait furieux à l'hôpital pour faire la substitution des statues. Il adressa à la sœur Gain de violents reproches et l'accusa notamment de lui avoir « jeté l'impératrice dans » les jambes » (*sic*). (1).

L'hôpital militaire n'a pas tardé à être une cause de graves préoccupations pour la municipalité de Saint-Mandé. D'une part, il y a lieu de craindre les épidémies qui peuvent se déclarer dans une garnison aussi nombreuse que celle de Vincennes et se propager facilement, à cause de la densité de la population de cette partie de la banlieue de Paris; d'autre part, le cimetière, qui a pu suffire tant que Saint-Mandé n'a été qu'une localité sans importance, ne répondit bientôt plus aux besoins créés par la situation nouvelle. Le tableau suivant de la mortalité à l'hôpital militaire depuis 1861 montre que ces préoccupations étaient fondées. Dès cette année-là, le conseil municipal de Saint-Mandé émettait le vœu que l'administration militaire trouvât un terrain où elle inhumerait ses morts :

(1) Communication de madame sœur Gain, qui a recueilli des notes relatives à l'hôpital depuis sa fondation.

1861 — 58	1875 — 112	1889 — 28
1862 — 49	1876 — 124	1890 — 56
1863 — 53	1877 — 82	1891 — 50
1864 — 43	1878 — 56	1892 — 36
1865 — 65	1879 — 82	1893 — 49
1866 — 82	1880 — 153	1894 — 43
1867 — 74	1881 — 102	1895 — 38
1868 — 120	1882 — 63	1896 — 48
1869 — 112	1883 — 67	1897 — 29
1870 — 438	1884 — 82	1898 — 45
1871 — 400	1885 — 84	1899 — 58
1872 — 75	1886 — 114	1900 — 64
1873 — 87	1887 — 71	
1874 — 162	1888 — 37	

L'établissement du cimetière sud a eu pour objet de parer aux exigences de cette situation, mais on est obligé de craindre qu'il ne soit, à son tour, bientôt insuffisant. Heureusement, la mortalité de la population Saint-Mandéenne proprement dite est, grâce au bon air dont nous jouissons et au bien-être presque général qui existe, relativement très faible ; en tout cas, elle est de beaucoup au-dessous de la moyenne ; il y a donc compensation. Saint-Mandé nécropole perdrait la plus grande partie de son agrément.

Depuis quelque temps, l'hôpital militaire de Vincennes porte le nom du Dr Bégin, chirur-

gien des armées impériales, professeur au Val-
de-Grâce, à l'École de Strasbourg, inspecteur
général du service de santé, écrivain fécond,
membre de l'Académie de médecine, mais dont
on chercherait en vain le nom dans les *Biographies* dites *universelles*, dans lesquelles cependant
figurent tant de médiocrités.

« C'était à Saint-Mandé, sur l'avenue Daumes-
» nil, à la hauteur de l'avenue Herbillon, dans
» cette partie qui longe le bois bordée de construc-
» tions élégantes, de grilles coquettes laissant
» voir des jardins sablés, des perrons arrondis,
» des pelouses anglaises qui donnent l'illusion
» d'un coin de l'avenue du Bois de Boulogne...
» La maison blanche, haute de trois étages, flan-
» quée de deux tourelles, regardait le bois à
» travers les arbres de son petit parc, tandis que
» sur la rue Herbillon, entre les communs et les
» serres se faisant face, s'arrondissait une grande
» cour sablée jusqu'au perron que surmontait
» une marquise supportée par deux longues
» lances inclinées. » Voilà la résidence que,
dans le chapitre intitulé : *La cour à Saint-Mandé*,
de ses *Rois en exil*, Alphonse Daudet assigne
au prince détrôné qu'il a décrit sous le type et le
nom de Christian II, roi d'Illyrie. Cette demeure,

qui ne répond pas tout à fait à la description précitée, est la villa Nève, n° 19 actuel de l'avenue Daumesnil ; elle fut occupée, de 1874 à 1877, par François II, roi des Deux-Siciles, plus communément connu sous le nom de roi de Naples, et par la reine Marie-Sophie-Amélie, fille du prince Maximilien de Bavière, sœur de l'impératrice d'Autriche et de la duchesse d'Alençon. Il ne fallait rien moins que cette circonstance pour que « le Français, né malin, » s'empressât d'identifier Christian II et François II. Est-il besoin de dire que le célèbre écrivain, s'il a quelquefois fortement exagéré le portrait, j'allais presque dire la charge, de quelques-uns des personnages qu'il a mis en scène, aurait été le premier à protester contre une pareille assimilation, tant le prince qui a soutenu si vaillamment le mémorable siège de Gaëte avait droit au respect de tous.

« La cour à Saint-Mandé » était bien modeste ; on n'y faisait pas grand bruit. A la tête du personnel de la maison royale se trouvait le comte Léopold de la Tour en Voivre, descendant d'une famile de Lorraine, qui, après avoir suivi le grand-duc François III en Toscane, se fixa à Naples. La domesticité n'y était pas beaucoup plus nombreuse que dans les propriétés voisines, et, sauf peut-être la couronne qui

surmontait les armoiries des équipages, les
visites des rois et des princes de passage ou en
séjour à Paris, les visites de l'aristocratie française et de quelques fidèles, rien, avenue Daumesnil, ne trahissait la présence du roi et de la
reine de Naples. Leur vie était d'ailleurs très
retirée. Tout ce que l'on savait, à Saint-Mandé,
du roi, c'est qu'il ne laissait passer aucun jour
sans assister à la messe dans la modeste église
qui depuis a été désaffectée, et la reine était
réputée pour être très charitable.

⁓⁓⁓⁓⁓

Le 9 mai 1880, un philanthrope, dont le nom
appartient maintenant à l'histoire de Saint-
Mandé, en attendant qu'il soit inscrit au livre
d'or des bienfaiteurs de l'humanité, M. Péphau,
constituait une société d'assistance pour les
aveugles. Cette société avait pour but de sous-
traire à la mendicité « le plus grand nombre
possible de ces infortunés » et de créer pour
eux des ateliers ou maisons de travail. Elle eut
pour premiers adhérents Victor Hugo, Gam-
betta, Sadi Carnot, Félix Faure, etc. Le 1ᵉʳ janvier 1883, une école fut fondée à Maisons-Alfort
avec deux élèves ; bientôt après, elle fut transférée
152, rue de Bagnolet, à Paris, où elle ne devait
pas tarder à devenir insuffisante. En 1888, le

Conseil général de la Seine, qui l'avait prise à sa charge, décidait de l'installer 7, rue Mongenot, à Saint-Mandé, dans l'ancienne institution Ancelin. Dans l'intervalle, elle avait reçu de généreux donateurs des legs importants qui lui avaient permis de se développer. Quand, le 1er janvier suivant, sous la dénomination d'école Braille, elle s'établit dans ses nouveaux locaux, elle était déjà presque florissante. Le 7 avril, M. Spuller, ministre des affaires étrangères, accompagné du commandant Chamoin, représentant du président de la République, de M. Poubelle, préfet de la Seine, d'un certain nombre de conseillers généraux et de directeurs des services de la préfecture, l'inaugurait officiellement. Elle comptait alors 89 élèves des deux sexes; elle avait ouvert ses portes à 108, en avait perdu 19, dont 3 décédés et 15 retirés par leurs parents ou admis à l'institution nationale. Le minimum d'âge d'admission était alors de 6 ans; depuis il a été abaissé à 3.

Les études durent de 3 à 13 ans; de cet âge jusqu'à la majorité, l'aveugle est obligé de suivre, une heure par jour, les cours d'adultes; les petites classes sont consacrées aux enfants de 3 à 6 ans et les grandes à ceux de 6 à 13. Tous sont tenus au travail manuel et à la gymnastique; le solfège et le piano sont également obligatoires pour tous. Le programme comprend la lecture et l'écriture, l'orthographe, les leçons de choses, la géographie de la France, la géographie générale, les récits les plus saillants de l'histoire de France, les biographies des grands hommes, les exercices de récitation, les explications de mots, l'arithmétique et la géométrie.

A l'énoncé de ce programme, je vois sourire les « voyants » pourvus du certificat, brevetés ou bacheliers. Mais, ne leur en déplaise, ce programme n'existe pas seulement sur le papier ; il est rigoureusement appliqué par les maîtres et suivi par les élèves.

La lecture et l'écriture sont enseignées selon la méthode Louis Braille, qui consiste dans l'emploi de points saillants disposés de différentes manières ; la géographie de la France et la géographie générale à l'aide de cartes en relief ou de morceaux de bois découpés en jeu de patience confectionnés à l'école ; l'histoire par cartes également en relief ou par leçons orales ; le calcul au moyen de petits cubes qui portent sur chacune de leurs faces des signes Braille ou des chiffres que l'élève dépose sur des grilles ; la géométrie sur deux grands tableaux présentant, en relief, des figures géométriques et par une série de pièces en métal affectant toutes les formes, pièces qui servent en même temps de bons points et de monnaie courante pour les dépenses quotidiennes; les leçons de choses à l'aide d'objets de toute sorte qui constituent un musée d'anatomie, de zoologie, d'histoire naturelle, etc., etc., annexé à l'école.

Grâce à la patience et à l'ingéniosité des maîtres, à l'application des enfants que rien ne distrait, les résultats de cet enseignement sont admirables, stupéfiants; ils feraient rougir plus d'un de ceux à qui, comme je l'ai dit, la vue du programme aurait donné l'envie de sourire.

Non moins merveilleux sont les résultats obtenus par les ouvriers, c'est-à-dire par les jeunes aveugles qui ont dépassé l'âge de 13 ans. Ceux-ci, sous la direction de contre-maîtres « voyants », se livrent à la confection de paillassons, à la vannerie, au rempaillage et au cannage des chaises, à la brosserie et à la fabrication des couronnes de perles.

Ce n'est pas ici le lieu d'entrer dans les détails de l'enseignement manuel; il serait trop long de les exposer. On les trouvera indiqués dans la *Monographie de l'école Braille*, publiée, à l'imprimerie Larousse, avec des illustrations. Qu'il me suffise de dire que, pour la plupart, ces ouvriers, non seulement cessent d'être à

Cour d'honneur de l'école Braille

charge au département de la Seine, mais beaucoup réalisent des économies qui leur permettent de se « mettre chez eux » dans des pavillons dépendant de l'école, de s'acheter un mobilier qui, pour les jeunes filles, comprend presque toujours... une armoire à glace. Le chiffre des objets fabriqués à l'école, qui, en 1890, était de 6,346 fr. 97 cent., atteint actuellement plus de 200,000 fr.

Tous ou presque tous les jeunes aveugles sont d'excellents musiciens. Souvent l'école Braille donne des matinées qui ne sont pas un des moindres attraits de Saint-Mandé.

Sadi Carnot, Félix Faure, Mlle Lucie Faure, M. Loubet, de nombreux ministres, des étrangers de marque ont tenu à visiter cet intéressant établissement, témoignage vivant des miracles que peuvent enfanter la solidarité et la charité humaines, servies par un dévouement et une abnégation comme ceux dont tous, depuis le directeur jusqu'au plus humble serviteur, donnent le consolant exemple. Eux aussi méritent bien de l'humanité.

Le XXe siècle qui commence verra sans doute l'absorption par la capitale de Saint-Mandé que j'ai vu si charmant autrefois avec

ses parcs et ses jardins aujourd'hui disparus
Naguère encore grand village, maintenant
petite ville, bientôt faubourg ou quartier de
Paris dont il n'est séparé que par un fil que les
spéculateurs ne tarderont pas à faire couper,
aura-t-il gagné à ces transformations succes-
sives ? Je ne le pense pas.

TABLE

Saint-Mandé. — Imp. Paturot-Moser, 6, Grande-Rue

PUBLICATIONS DU MÊME AUTEUR :

~~~~~~~~~~~~

ÉTUDE SUR LES ACTES DU PAPE CALIXTE II. Paris, 1874, in-8º (Mention au concours des Antiquités nationales).

QUITTANCES DE PEINTRES, SCULPTEURS ET ARCHITECTES FRANÇAIS (1535-1717). Paris, 1875, in-8º.

DOCUMENTS INÉDITS CONCERNANT L'HISTOIRE LITTÉRAIRE DE LA FRANCE. Paris, 1875, in-4º.

BIBLIOGRAPHIE DES SOCIÉTÉS SAVANTES DE LA FRANCE. Paris, 1877, in-8º.

INVENTAIRE DES CARTULAIRES CONSERVÉS DANS LES BIBLIOTHÈQUES DE PARIS ET AUX ARCHIVES NATIONALES. Paris, 1878, in-8º.

MIRACLES DE NOSTRE DAME PAR PERSONNAGES (Publiés d'après le manuscrit du XIVᵉ siècle, en collaboration avec M. Gaston Paris, de l'Institut). Paris, 1878-1883, 7 vol. in-8º.

INDICATEUR DES ARMOIRIES DES VILLES, MONASTÈRES, CORPORATIONS, ETC., CONTENUES DANS L'ARMORIAL DE D'HOZIER. Paris, 1880, in-8º.

INVENTAIRE DES MANUSCRITS DES BIBLIOTHÈQUES DE FRANCE DONT LES CATALOGUES N'ONT PAS ÉTÉ IMPRIMÉS. Paris, 1879-1882, 3 fascic. gr. in-8º.

SUPPLÉMENT A L'HISTOIRE LITTÉRAIRE DE LA CONGRÉGATION DE SAINT-MAUR, DE DOM TASSIN. Paris, 1881, in-8º.

PENTATEUCHI VERSIO LATINA ANTIQUISSIMA E CODICE LUGDUNENSI. VERSION LATINE DU PENTATEUQUE ANTÉRIEURE A S. JÉRÔME, PUBLIÉE D'APRÈS LE MANUSCRIT DE LYON AVEC DES FAC SIMILÉS, DES OBSERVATIONS PALÉOGRAPHIQUES, PHILOLOGIQUES ET LITTÉRAIRES SUR LA VALEUR DE CE TEXTE. Paris, 1881, pet. in-fol.

RECUEIL DES LOIS, DÉCRETS, ORDONNANCES, ARRÊTÉ..
CIRCULAIRES, ETC., CONCERNANT LES BIBLIOTHÈQUES PU-
BLIQUES. Paris, 1883, in-8°.

HISTOIRE DU PAPE CALIXTE II. BULLAIRE DU PAPE CALIXTE
II, 1119-1124 (ESSAI DE RESTITUTION). Paris & Besançon,
1891, 3 vol. gr. in-8° (second prix Gobert à l'Académie
des inscriptions & belles-lettres).

LES SIGNES D'INFAMIE AU MOYEN-AGE : JUIFS, SARRASINS,
LÉPREUX, CAGOTS ET FILLES PUBLIQUES (3e édition). Paris,
1891, in-8°.

UN PAPE BELGE. HISTOIRE DU PAPE ÉTIENNE X (2e édition).
Bruxelles, 1892, in-8°.

LES FABLES DE PHÈDRE. ÉDITION PALÉOGRAPHIQUE PU-
BLIÉE D'APRÈS LE MANUSCRIT RÖSANBO. Paris, 1893, gr.
in-8°.

ANNUAIRE DES BIBLIOTHÈQUES & DES ARCHIVES (16 années).

LES ESTABLISSEMENTS DE CHEVALERIE, de Jean de Meun.
Paris, 1897, in-8°.

L'ABRÉJANCE DE CHEVALERIE, par Jean Priorat de Besançon.
Paris, 1897, in-8°.

VOYAGE A VIENNE. Paris, 1899, in-8°.

HEPTATEUCHI FRAGMENTORUM VERSIO LATINA ANTIQUISSIMA.
Lyon, 1900, pet. in-fol.

Sous presse : LES TESTAMENTS DE L'OFFICIALITÉ DE BESANÇON
(1260-1500), 2 vol. in-4°, dans la Collection des documents inédits.

PHILIBERT DE CHALON, PRINCE D'ORANGE (1502-1530).
2 vol. in-8°. ETC., ETC.

www.ingramcontent.com/pod-product-compliance
Lightning Source LLC
Chambersburg PA
CBHW070845030726
47504CB00005B/1221